陈巨锁 著

隐堂琐记

陳巨鎖自署

山西出版集团

三晋出版社

作者近照

目　录

自 述

　　退休了,身无拘束,心更闲适。生活起居,随缘随意。随缘者,须外部条件之凑合,平和自然,顺理成章;随意者,虽可随心所欲,而能不逾矩矱。

　　一日之内,晨兴夕寐,多有规律。或下厨煮饭,或烹茶读书,粗茶淡饭,适口而足。读书似无目的,顺手抽一二卷,或古或今,或中或外,读到会心处,掩卷品味,乐何如之。眼有困倦,便听段京剧,或程或荀,或马或周。程之委婉,荀之俏丽,马之潇洒,周之苍凉,寓之于耳,怡之于心。听戏如读诗,如游山,或豪放,或婉约,韵致不二。戏瘾过足,见窗无点尘,砚有余墨,遂临碑帖三五行,或命笔抄经一两篇,偶有索拙字者,则不拘中堂、条幅,涂抹六七纸,择其善者而付与;其不善者,尽撕之投以纸篓。收一封简札,接一个电话,师友间通通音讯,互致问候,拉拉家常,得无限慰藉。偶有良友远来,晤言一室,品书鉴画,赏花敲诗,舒半日情怀。隐堂花事,随时令而开放,尤以春节为盛,水仙,春兰,金桔,杜鹃,仙客来,一品红,竞显姿态,各领风骚,或高格典雅,或灿烂富丽。因幽兰风韵高洁而室有余香,为金桔硕果盈枝而心生欢喜。至若重阳佳节,菊花盛开,隐堂之中,移盆十数株,阳台内外,案头上下,略无阙处,一时黄英灼灼,花光耀眼,好个凉秋天气,生机勃发,令人兴奋,终日徜徉花下,忘却秋尽冬来。以上诸端,皆为赏心乐事。然人生岂能无忧,偶感风寒,卧病在床,幸有老妻打针输液,端茶递饭,百般呵护。病稍可,则倚枕把卷,读沈三白之《浮生六记》,又复陶然,有何忧之可言。也有意外,忽得讣告,悲从中来,前辈师长中,又弱去了一个,不禁浮想联翩,潸然泪下。有时也心生郁闷,无端心烦意乱,便步出家门,到广场溜个弯儿,或径直到书店去,在书架上逐一检视,有合意者,购三五册携归,以致隐堂图书成灾,盈室叠架,散乱堆积。购书乃吾之嗜好,且积习已久,此病恐亦难除。然凡一购书,心中不适,亦随之消融。

四时之景不同,乐也无穷。春和景明之日,偕文友三五人,随意步出城外,于陇亩坡谷间,看杏花、梨花、桃花,渐次开放,春光骀荡,好景宜人,听鸟说甚,问花笑谁。秋高气爽之时,白岩红叶,东峪丹柿,流光溢彩,羡煞我辈,遂于山崖水际,盘桓整日,放浪形迹,长啸不羁,山谷回响,胸臆为抒。在盛夏,城居苦热难耐,携妻往五台山中,在清凉世界,焚香拜佛,参禅听经,看岩花白云,听晨钟暮鼓,一时间,无人相亦无我相,得大自在。此其近游者。至若外出远游,每年二三次,或东南海天佛国,或西北戈壁大漠,或西南雪域高原,或东北林海深处,吐纳山水灵气,瞬盼孤烟落日。天下胜景,奔来眼底,四方风物,罗列胸中,游旅之乐,不独怡悦耳目,更有健身心,心无罣碍,人或为鸟雀,回归山林,得大造化,随心适意,夫复何言。

以上诸端,便是我退休以来的生活,虽平庸而不单调,淡然自适,恬然而甘。偶然兴起,写点小文章,记人记事记游而已,一言以蔽之,是本人平淡生活的写照。生活本属平淡,文章自然难有宏伟之观,才情功力不足,下笔也无超旷之趣,然而为文之心地,尚能真诚自然,而不虚妄,或不崇高,却还纯净。书中收诸数十篇,皆曾散见于报端杂志,今结集付梓,愿读者诸君多多赐教。

2008 年 2 月 26 日

先有风骨俊　自然翰墨香

——楚图南先生题赠感怀

新年伊始,楚老的哲嗣泽涵先生由京寄赠《楚图南书法作品集》和《一生心事问梅花——纪念楚图南诞辰一百周年》,令我十分感激,又引发了我对楚老的深深怀念。

早在上世纪六十年代初,在我上大学期间,我师王绍尊先生曾为楚老治印数方。王师以印蜕赠我,记的有"高寒"、"天涯若比邻"、"师松竹友兰梅"等印文。当时楚老任中国人民对外文化协会会长等职务,从事民间外交工作,成年累月奔波于世界各地,为我国对外文化友好往来,架起了一座座畅通的桥梁,其中的故事和艰辛是难以尽说的。这里还是谈谈楚老对我的关怀吧。

我一直喜欢黄庭坚的两句诗:"愿为雾豹怀文隐,莫爱风蝉蜕骨仙。"到八十年代中,我有了一间小小的书房,遂以"文隐书屋"而名之,这四字请谁来题写呢?忽然想到了绍尊师与楚老的交往,便拜托王师向楚老代求墨宝。未几,不仅收到了楚老为我题写的"文隐书屋",同时还题赠我黄庭坚的诗联,这真是喜出望外。绍尊老师在信中写道:"楚老说,在当代,能喜欢黄庭坚这两句诗的年轻人不容易,要努力奋进! '堂号'写了两次,一并寄上,请选用……"于此,也可见楚老对晚生后辈的关爱和鼓励。小小的"堂号"竟然写了两次,足见楚老对小事的处理也是十分严肃和认真的,这对我尔后的书法创作起到了无言的身教作用。

当我接到楚老的大作时,心情是既激动,又不安,因为当时楚老已身居全国人大常委会副委员长的高位,工作自然是十分繁忙的,我以此小事打搅他,实在是给老人添乱哩。遂致函楚老,至感至谢,并附上拙画《五台山日出图》立轴,奉赠老人,非报也,旨在向楚老汇报自己的学业并望得到教诲。

得了题字,便请阎光奇君制成匾额,悬于书屋。每当我书画困倦时,坐下来仰望见楚老的题赠,精神似又充沛起来,继续完成自己那未竟的事业。

九十年代初,我在深圳举办个展,楚老又题写了《巨锁书画展》的展标。楚老和绍尊师对我的提携和扶持,至今铭感不忘,激励我不断努力。

在为五台山筹建碑林,征集全国书法名家作品时,楚老又应邀书写了元遗山《台山杂咏》一首,为佛教圣地平添瑰宝。游人至此,摩挲诵读,台山僧俗,无不感念楚老等书家的功德。

楚图南先生曾以"先有风骨俊,自然翰墨香"十字赠我,先生的训示告诉我:人与字是相表里的,只有人品高,艺术才有价值。这与我一贯奉行的"作字先作人"、"先器识而后文艺"的古训是相一致的。品读楚老的法书大作,端庄厚重,古朴典雅,既得汉碑神韵,又富颜楷丰姿,一种刚直不阿、堂堂正正的气息直扑眉宇,点画间无不流露出楚老为人立品、风骨俊拔,命笔作书,翰墨飘香的特点。人如其字,字如其人,信哉其言。

某次赴京,曾偕绍尊师拜访楚老,因行前未曾预约,到达楚宅,适值楚老外出,无缘一面,深以为憾。归来一想,楚老墨宝,时在眼前,楚老教诲,犹闻耳际,见与不见人,却也无妨,挂钩之鱼,顿得解脱。

楚老辞世,将近七年,他为我所书的"俯仰无愧于天地,志趋不忘为人民"的中堂一直悬诸壁端,朝夕相对。这件"九十以后"所书的墨宝,可谓人书俱老,"清水出芙蓉,天然去雕饰"。其内容,更是我鼓励勉力为之追求和实践的,遂视为座右铭。

2001年2月1日

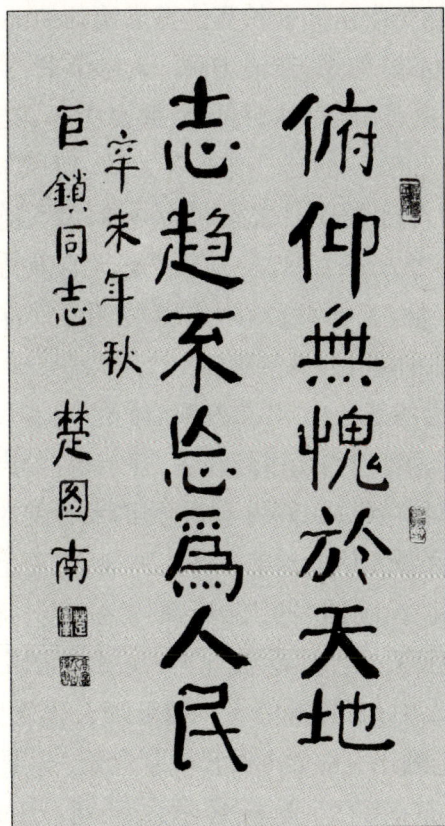

楚图南先生墨迹

赵朴初与五台山

　　已是 47 年前的往事了。1959 年夏天,中国佛教协会副会长兼秘书长赵朴初先生陪同会长喜饶嘉措法师初上五台山。时值三伏天气,山外赤日如炽,热浪难耐。入得山来,沿清水河而上,但见山峦起伏,白云暧霼,丛树低昂,鸣禽上下,杂花烂漫,流水如琴。这景致,让 52 岁的赵朴老欢喜无量。待风来北岭,月上东林,松送钟磬之声,水照明月之楼时,一行高僧大德,已入台怀佛地,这境界无不令人心生禅悦,充溢法喜。身兼诗人的赵朴老,触景生情,诗兴涌起,清意云浮,遂得《入山》三首,盛赞清凉胜地五台山,锦绣裹山川,"灵气满长空"。

　　文殊菩萨道场五台山,因佛教领袖们的光临,一时间福音四播,丛林传声。诸高僧登坛讲经说法,开示僧俗,启迪智慧,消除无明之烦恼,净化众生之心灵。亦复到诸大寺院巡礼膜拜,便留下了缕缕的法音和无尽的慈悲。诗人朴老,更是足迹所至,不废吟咏。走访塔院寺,瞻仰名王塔,听风铃之飞度,阅经阁之藏书,参礼毛主席曾驻节之纪念堂,流连再三,思绪萦怀。

　　在细雨霏霏中,来到碧山寺。但见烟云化处,树拥伽蓝,僧院清寂,梵呗传幽。至午,共入五观堂斋饭,金粟盐笋,茶汤菜羹,细嚼慢饮,滋味无穷。餐毕,客堂共话,簷溜丁东,亦破禅关。

　　寻金刚窟而来,穿幽度涧,访窟宅,别真幻,生晚未能逢无著,究竟云何"凡圣参"。

至兴国寺,访五郎祠,摩挲百战铁棒,怀想千秋英姿。诗人感而赞之:"卓然不群,释家弟子。"

过栖贤阁,寻观音洞之所在,但见急湍奔石,飞阁凌空。诗人步履矫健,捷足先登。礼观音之慈颜,品甘泉之清凉,喜佳句之妙得,抚奇松而咏唱。

显通寺乃台山名刹,殿阁嵯峨,碑碣雄峙,古松蔽日,法塑庄严。朴初居士身临其境,瞻礼毗卢圣像,研读华严经疏,探究山寺之沿革,钩玄经理之幽微。

朴老在山,参礼圣迹,寻访幽胜,见山寺焕彩,宝珠重光,僧事农禅,凡圣同参。故而好句泉涌,笔生奇葩,先后得《忆江南》十四首,计《入山》三首,《咏寺院》七首,《归途》四首。词作记录了先生的行踪,赞叹了诸寺的胜境,也抒发了诗人的情怀。此行也,已餐五顶之秀色,更睹南禅之奇珍,似不忍去,又不得不离去,遂订他年再会。

先生归京,摘书《五台山杂咏》12 首为通屏以"奉碧山广济茅蓬补壁"。此作在十年"文革"中,幸免劫难,今悬诸显通寺"藏珍楼"。我每入山,多有赏读。读其词,犹见诗人在月下或雨中,行吟山寺,足音得得;或会高僧于客堂,品茗共话,轻声慢慢。赏其字,在儒雅、秀逸、祥和、清寂的书风中,可以窥见诗人的气质和学者的风范,而更多的则是佛家弟子的心迹。令人百读不厌,而愈久愈醇,并生发出一种清凉宁静的感应来。

1977 年 8 月,我陪同天津美术学院教授阎丽川先生到五台山考察文物,适值赵朴初先生在五台山视察工作。何曾想到,仰慕已久的赵朴老,竟能在这佛教圣地不期而遇,这大约就是因佛结缘的。早在 40 年前,我尚在大学读书时,课余读到朴老的《某公三哭》,一时为之激赏。此散曲寓嬉笑讥讽于诙谐幽默之中,读来倍觉淋漓痛快,大爽胸臆,遂早晚背诵,传诸同学间。后见先生书法墨迹，一派东坡风韵，潇散自如，雍容典雅，爱慕之心，与日益甚，遂托在京师友，相机向朴老代求墨宝。八十年代初，喜得朴老为我书曹孟德《龟虽寿》法书一帧，遂付装池，悬诸隐堂，朝夕相对，永为楷模。

赵朴老二次光临五台山，已是古稀老人了，慈眉善目，笑容可掬，更像一尊让人愿意亲近的观世音。在省地县有关领导的陪同下，访问了五台县，视察了南禅寺、佛光寺、松岩口、塔院寺，登上了东台望海峰。此行，距第一次入山，已过去了十八年的时间，这中间，五台山也经历了十年浩劫。诗人旧地重游，发出了深深的咏叹："偿宿诺，重上五台山。十八年间喧寂异，无穷刹那海田迁。到此证真诠。"

先生在山，下榻五台山民族宗教办事处一号院的正室。朴老白日山寺巡礼，入夜灯下挥翰。已是70高龄的老人了，仍然诗思敏捷，兴到笔随，忘却疲劳，将此行所作的六首《忆江南》写成大幅，分赠五台县委、佛光寺文物保管所、松岩口白求恩纪念馆等单位。还书写了大量的条幅，答谢包括司机在内的所有陪同人员。一代诗人，一代书家，和颜悦色，平易近人，馈赠墨宝，广结善缘，吟诗诵经，风致高标。朴老在山数日，不独为僧众开启了智慧，留下了诗作和墨宝，也给众生以言传和身教。

1979年1月，我适北京。14日上午造访董寿平先生。小坐未几，朴老光临董宅。董老甫出病院，赵老专程来看望。二老见面，互致问候，虽轻声慢语，而相互关爱之情，溢于言表。我陪末坐，如沐春风。谈起朴老两上五台山，老人脸上漾着微笑，且不时地点头，仿佛又想起了"文物允为天下重"的五台县，"瑰宝世间无"的二唐寺，抑或是"峰腾云海作舟浮"的东台顶。

赵朴老对五台山佛教音乐的保护和传承，也给以极大的关注和支持。据佛教音乐工作者田青先生说，他从上世纪八十年代初开始了佛教音乐的采风工作,是在朴老的指引下,首先到五台山来,记录梵呗及各种法事活动的录音。1988年到1989年,录制了《五台山佛乐》。到1995年,在北京举办的"第一届中日韩佛教友好交流大会"的开幕式上,首演一首佛曲《望江南·三皈依》,歌词是王安石的作品,而曲调便是五台山的传谱。这首词曲的合成,即是在朴老的倡议和指导下完成的。当朴老听了这《三皈依》的演唱后,高兴得眉开眼笑。我也曾听繁峙县李宏如先生说起,为了抢救五台山佛教音乐,举办五台山佛乐培训班,曾得到朴老个人一万元的资助。此后,五台山佛乐团、五台山小沙弥乐团等多次到港台及世界各地参加国际音乐节,获得高度的赞誉。中国佛乐,荣登世界乐坛,此中无不凝结着朴老的心血和慈悲。

　　赵朴老和五台山高僧的交往更是佳话多多,仅择二三,以窥豹斑。

　　能海,一代高僧,中国佛教协会副会长。1955年10月,赵朴初先生陪同法师护送佛牙舍利,周莅缅甸,至则举国倾动,顶礼沸腾。在缅期间,先生与法师朝夕与共,结无上缘。1959年,先生初入五台山,自然受到法师的盛情欢迎与接待。直到1997年,已是耄耋之年的朴老,有《早餐得句》:

　　　　酪乾细嚼苦茗送,不殊西藏酥油茶。
　　　　妙味得来添法喜,昔年曾饮上人家。

　　在此诗的注释中,当可见朴老对能海上人的怀想:"昔曾在喜饶嘉措、能海、法尊、清定诸法师处饮酥油茶。"又在《老人何所好》的诗中写道:

　　　　老人何所好,陈醋与新茶。
　　　　陈醋助饱食,百忧驱海涯。

新茶荡心胸，文思发奇葩。

想必朴老在50年代，初入五台山时，便尝到了山西老陈醋的滋味，以至往后的年月中，竟成了一种"爱好"。而能海法师当年所倡导的农禅共修，更为朴老所激赏，而发出了"农禅好"的赞叹：

举起锄头开净土，穿来牛鼻透重关。

药圃林山多宝地，朝霞暮霭雨花天。

能海和尚在"文革"中遭劫难，于1967年元旦辞世了。拨乱反正后，在1981年，为纪念能海法师，在台山宝塔山腰，建一砖塔，朴老欣然为法师撰书塔铭。其铭曰：

承文殊教，振锡清凉。

显密双弘，遥遵法王。

律履冰洁，智忍金刚。

作和平使，为释争光。

五顶巍巍，三峨苍苍。

法塔崇岳，德音无疆。

铭文盛赞了上人一生的风范和懿德，令朝山者有高山仰止的感觉。到了1999年，年届92岁的朴老，又想起了一代高僧，则写成了《能海上师像赞》：

蔼蔼其容，矫矫其神。

望之俨然，即之也温。

昔年入藏，两度孤征。

舍身求法，为利众生。

终获宝珠，放大光明。

> 东西南北，一音普闻。
>
> 选住五台，归来文殊。
>
> 现大威德，万化一如。
>
> 稽首上师，一切无碍。
>
> 像教常兴，威仪永在。

这首诗，当是朴老的绝笔了。在《赵朴初韵文集》中，此作写作年代为最晚，是压轴之作。读是诗，再次窥见能海法师在朴老心中的分量和情谊。

法尊，这是五台山的又一位高僧。20岁时，在五台山广宗寺出家，曾依止北京法源寺太虚上人，后来毕业于武昌佛学院。两入藏卫，广学经论，翻译宏富，著作等身。曾任中国佛学院院长，培育僧才，比肩贤哲。法师与朴老，友谊弥笃，时相过从，为佛教教育事业鞠躬尽瘁。1980年12月14日，法师圆寂于北京广济寺。时仅十天，朴老于12月24日作四言长诗32句《法尊法师赞》，寄托哀思，缅怀上人。次年，法师灵骨塔在五台山广宗寺落成，朴老再次命笔，留下"翻经沙门法尊法师灵骨塔"墨迹。

朴老不独为能海、法尊等结缘甚深的高僧题铭作赞，也曾为五台山殊像寺、三塔寺等寺院题写了匾额，为金阁寺题写了"日本国灵仙三藏大师行迹碑"。又为普寿寺撰书了对联：

> 恒顺众生，究竟清凉普贤道；
>
> 勤修梵行，愿生安养寿僧祗。

对五台山寺院之所求，朴老几乎是有求必应。只是老人太忙了，便有了"文债寻常还不尽，待将赊欠付来生"的感叹。然而当我们品读朴老为五台山的题留时，端庄凝重的字迹，也足令我们肃然起敬呢。

2002年5月21日，赵朴初先生以93岁高龄逝世。全国上下为这位著名的社会活动家、爱国宗教领袖、一代诗人、书法大家的陨落而哀悼。我再次摩挲老人为我所书的墨迹，不禁感叹"神龟虽寿，犹有竟时"的客观规律。所幸在五台山筹建碑林时，我曾亲自认真钩摹了朴老 1977 年的《忆江南·五台山杂咏六首》墨迹，然后刊入碑林，永留天地间，传诸后代。朴老去了，"花落还开，水流不断"，当会乘愿再来。

（在纪念赵朴初先生诞辰百年的日子里，谨撰短文，以献心香。）

2006年 12 月

广洽法师与五台山

广洽法师,俗姓黄,小名老禅。1900 年生,福建南安人。五岁丧父,十岁丧母,遂成孤儿。二十岁时流落厦门,次年十月在南普陀寺剃度出家,拜瑞等和尚为师,法名广洽。二十四岁时,赴新加坡助师重建龙山寺,四个月后,回南普陀寺,先后任知宾、副寺、佛教养正院监学等职务。1937 年,抗战爆发,法师再次南渡新加坡,在佛教居士林任导师。1952 年被推为龙山寺住持。1975年起,任新加坡佛教总会副主席、主席。在新期间,多次回国观光礼佛,也曾赴锡兰(今斯里兰卡)、印度、缅甸等地朝圣弘法。1994 年 3 月 24 日,圆寂于新加坡,终年 95 岁。

在《广洽法师年谱》中,有一句"1959 年 9 月 28 日,登五台山朝圣"的记载,我便寻觅洽师在五台山的踪迹,然而终未有得,只好暂且搁置。

我与丰子恺先生的幼女丰一吟女史通信多年。去年曾邀一吟先生到五台山消夏避暑。先生回信说:"我于八十年代到过五台山,是陪新加坡广洽法师一起去的。其时经忻州,吃了中饭,可惜那时不认得你。"

得此讯息,喜出望外。随即致函先生,问讯陪同洽师在五台山时可否有日记?若有,能否将法师在山行状见告?先生回函说:"所托之事,五台山时,确有日记,但(一时)无暇整理或抄录。"我很能理解先生的苦衷,一位七十多岁的老人,又加诸事繁忙,便不敢再行打搅。

今年四月,我有江浙之行。在上海时,抽暇造访了丰先生。丰先生深知我心,一杯清茶置诸案头后,便拿出一个小本子,书脊上标着一行字样:"85年,广洽法师缘缘堂,五台山9月4日-10月24日。"丰先生一面让我喝茶,一面打开小本子:"这便是洽师上五台山时我写的日记,太潦草了,有的字我已经认不得了。你能看清楚吗?"我说:"慢慢来,总行的。"在我的请求下,丰先生慨然为我复印了我所需要的有关章节。我写本文,无疑是在丰先生日记基础上整理而成的。故此,先应向丰先生敬致谢忱。

1985年9月4日至10月24日,广洽法师由新加坡回国的五十天行程中,日程安排得是满满当当。在缘缘堂复建落成典礼后,便到普陀山礼佛,然后由浙江而上海、而北京,再转车到山西来。

9月27日,广洽法师一行四人,由上海飞抵北京,当日下午,便到北京医院拜会了叶圣陶先生,二老又促膝谈心。洽师回忆了1981年归国与叶老见面的情景。当时也是丰一吟先生作陪。叶老曾有诗:"广洽法师垂顾敝寓,一吟作《促膝谈心图》记之,因题'浣溪沙'一阕:促膝诚为甚胜缘,谈心相对欲忘言。旧交新晤乐无边。展卷俨然丰老笔,继承乃父一吟贤。画风书趣得薪传。"当晚八时余,洽师一行便乘火车向太原而来。

9月28日晨9时许,车抵太原。有中旅社接站,到迎泽宾馆,进早点,休息。上午10点15分,乘小汽车离太原。中午,在忻州宾馆进餐。餐毕,即奔五台山而来。下午5时许,抵达台怀镇,下榻显通寺内招待所。

9月末的五台山,天气已经转冷。由南而来的客人们对寒冷甚是敏感。好在室内已送上了暖气。方落脚的洽师,身未暖席,便急匆匆在同来的林子青先生等陪同下,去参拜释迦牟尼和文殊菩萨。时有五台山佛教协会副会长弘毅法师、慈贵法师和宗教办事处杨富义先生等三人,过访未值。晚上又来,表示对洽师飞锡驾临五台山十分欢迎,只因事前未得讯息,多有怠慢,特请鉴谅。

9月29日。五台山夏仍飞雪,岁结坚冰,况值这凉秋季节,石缝间,积水处,已是薄冰如镜了。只有那花池中的黄菊花,还在朝阳下闪耀着金灿灿的光辉,因了清风的吹拂,摇曳着傲霜的枝叶。仰望北台,已覆盖了一层皑皑的白雪,愈见其高洁和肃穆。在这天朗气清的日子里,广洽法师一行在弘毅法师的陪同下,由显通寺向菩萨顶行进。85岁的高僧似乎有点吃力,便拐入广宗寺,一面在寺院巡游,也在此略事休息。然后步出山门,转过照壁,仰望那"灵峰胜境"的所在。在同行的护助下,广洽法师登上了一百零八级的石台阶。洽师伫立在菩萨顶的木牌坊下,俯视台怀诸寺,尽入望中。弘毅法师为之一一指点,哪是黛螺顶,哪是善财洞,哪是罗睺寺,哪是……主人说得认真,洽师听得仔细,不时漾着微笑,颔首赞叹。入山门,度松荫,进大殿,洽师虔诚地礼拜文殊菩萨,丰先生亦跪拜祈福。

中午返回招待所,餐后休息。洽师吐痰三次,痰中均带血丝。丰先生见状,十分焦急,不知所措。法师说:"不碍事,歇歇脚会好的。"

丰一吟先生不禁回想起了洽师与其父亲丰子恺的交往。他们是因了弘一法师而结下深缘的。丰子恺先生是弘一法师出家前的学生,又是出家后的皈依弟子。而广洽法师是弘一在厦门时的法侣,且"以师礼事之","一心亲近承事,终身爱慕,随侍多年"。洽师在闽南初识弘一大师后,在大师的介绍下,便开始与丰老通信,十数年中,鱼雁频传,感情弥笃。

1948年9月至11月，一吟随父亲丰子恺有台湾之行。自台归来，遂往南普陀凭吊弘一大师故居。事有凑巧，在这里，竟邂逅了刚从海外归来而未曾谋面的广洽法师。二老相见甚欢。丰先生在洽师的导引下，参谒了弘一大师故居，还绘制了一幅题为《今日我来师已去，摩挲杨柳立多时》的画作，以赠广洽上人。稍后，丰先生在厦门举办画展，又得到洽师的帮助。

1953年，丰子恺等先生集资在杭州虎跑后山为弘一大师建舍利石塔。洽师闻讯后，于1957年也集净财捐赠，在石塔周围筑栏杆、置围墙。

1965年秋天，洽师回国，在上海与丰子恺先生重逢，并相偕到杭州祭扫弘一大师石塔。1975年9月15日，丰子恺先生逝世后，国内毫无消息，倒是洽师在新加坡多家报纸为之报道。今又为石门湾丰子恺故居的重建，资助劳顿。

丰一吟先生回想至此，自是铭感五内。如今见法师痰中有血，怎能不担心焦虑？然而洽师不远万里，来到五台山，哪能安卧客房，遂决定坐车出游。下午3时后，驱车抵广济茅蓬（碧山寺），方丈灵空法师热情接待。在茅蓬得睹弘一大师墨迹，一条幅上书："视大千界，如一诃子。戊午仲夏演音将入山书奉藕初先生。"一副对联，上书："慧眼见一切，妙音满四方。大方广佛华严经偈颂集句，智行居士供奉，沙门月臂。"广洽法师对此墨迹，久久出神，似乎又沉入了往事的回忆之中。

弘一大师生病闽南，广洽法师随侍左右，历时数月。郁达夫在鼓浪屿日光岩拜访大师，他为之引见，从而留下了郁氏那首《赠弘一法师》的名作。抗战时期，徐悲鸿在新加坡办画展，应洽师之请，欣然命笔，为弘一大师作油画像。而大师赐他的法书、信札、训语等也有六十余件之多。大师在1937年2月，先后脱落二齿，也送他"藏之，以为纪念"。他的字号"普润"，也是大师所赐……难怪洽师在茅蓬看到弘一大师手迹，为之出神，好像他又回到了闽南亲近弘一大师的岁月中。

洽师一行，在碧山寺参礼毕，便到塔院寺来。白塔巍巍，风铎传声，此时游人已少，塔院清静。洽师礼佛后，在各处漫步，怡然淡然，得似闲云野鹤。日已夕也，月上东山，法师一行方回宿处。

晚餐时，法师因一整天的巡礼，颇感疲劳，便未去餐厅，在下榻处吃打斋之菜。饭后，法师请大显通寺为福建南安县罗东埔头田中乡夏宅大厝黄氏历代宗亲做佛事，超度亡灵放焰口。由穿大棉袍的当家和尚手持电筒，偕洽师前来祭拜。拜毕，与众僧结缘，略事座谈，便回房休息。

此日，恰逢中秋节。洽师等身在佛国，天心月圆，了无睡意，遂步中庭。月下空庭如水，法师廓尔无言。丰一吟先生却来诗兴，遂吟四句："久欲朝圣登五台，而今乘愿拜如来。吾侪共赏中秋月，敬乞文殊赐我才。"并说："此乃献丑之作，旨在抛砖引玉。"此情此景，也逗起了林子青先生的诗兴，便得二绝句：

> 千山万壑绕台怀，一片伽蓝眼底开。
> 今日登临菩萨顶，风光无限逼人来。
>
> 为礼文殊万里来，洽公宏愿亦奇哉。
> 多情最是中秋月，今夜相逢在五台。

9月30日，洽公一行将离开五台山。在"震悟大千"的悠扬钟声中早早醒来，又趁晨风在清静沉寂的"清凉妙高处"，摩挲着明铸的铜殿和铜塔，不时为那精湛的铸造艺术品而叫绝。几日来，丰先生笔不停挥，不独记录着洽师的起居和行踪，也记录着五台山的自然风物、历史沿革、胜景特色以及五台山的传说和故事。所惜丰子恺先生过早地去世了，丰老比广洽法师仅仅年长两岁,若能活到今天,二老相偕,同来五台山礼佛和观光,那该是多么的惬意呢。佛家言"万事无常",这确是无可奈何的事情,我们只能徒增慨叹了。

　　早餐后,洽师等于 8 点 15 分驱车返并,经道忻州,在某饭店吃中饭,"四人仅吃六元钱,价廉物美"。这当是遵循弘一大师"惜福"的教诲吧,有所谓"惜食,惜衣,非为惜财缘惜福"。

　　广洽法师抵并后,仍旧下榻迎泽宾馆。山西省佛教协会副会长根通法师、崇善寺圆相法师、五台山佛教协会会长请佛法师、玄中寺住持了满法师等咸来问候,并邀约翌日上午在崇善寺吃素斋。

　　10 月 1 日,时逢国庆,洽师一行游晋祠、崇善寺。于山西省博物馆赏读傅山书法。中餐、晚餐皆在崇善寺,得到了诸法师的盛情款待。

　　10 月 2 日,广洽法师一行乘飞机离开太原,赴北京、天津、厦门等地云游。

　　屈指算来,法师归西十有余年了,但他在五台山朝圣的行迹,却会不时地让人们谈论着,而或传之久远。

2006年 5 月 20 日

周振甫先生印象

　　早在五十年代，我上中学的时候，"周振甫"三个字便深深印在了我的脑海中，当时阅读《毛主席诗词》，其注释便是周振甫先生所注。毛泽东在那个年代，无疑是人们心目中至高无上的神人。能给毛的诗词注释，并敢于给毛诗注释的人，那一定是大学问家。在一个中学生的眼中，周振甫先生当是这样的人物。

　　后来，阅读鲁迅的诗作和刘勰的《文心雕龙》，都是靠周振甫先生的注释渐入门径的。

　　在 80 年代，当我的书橱中有了钱锺书先生的《谈艺录》和《管锥编》的时候，我则更加佩服周振甫先生学识的渊博深厚了。下面摘抄钱先生的两段文字：

　　"周（振甫）君并为标立目次，以便翻检，底下短书，重劳心力，尤为感愧。"（引自《谈艺录·序》）

　　"命笔之时，数请益于周君振甫，小叩辄发大鸣，实归不负虚往，良朋嘉惠，并志简端。"（引自《管锥编·序》）

　　当代文化昆仑钱锺书，对周先生是如此地感激和评价，足证周先生的学识了。而周先生却说：

　　"其实，我认为钱先生的学问，足以作我的老师，我不敢以钱先生为朋友。钱先生这段话，我实在不敢当。"谦恭如许，岂非我辈楷模。

　　又在有关资料中看到，毛泽东诗词中，如《菩萨蛮·黄鹤楼》

的"把酒酎滔滔"、《沁园春·雪》中的"山舞银蛇,原驱蜡象"等,皆是由周先生建议,通过臧克家,征得毛泽东同意,改为"把酒酹滔滔"和"原驰蜡象"的。然而有几人知道这能为一代伟人改稿的"一字师"呢!(季甫罗元贞先生也为毛泽东改过《长征》诗,人称"一字师"。)

这样一位心仪已久的大学者,真有点"但愿一识韩荆州"的愿望呢。说来也巧,时在1990年8月,"纪念元好问诞辰800周年国际学术研讨会"在忻州召开,全国乃至日本、美国的学者们,云集秀容古城,其中便有大名鼎鼎的周振甫先生。我在这些学者中寻访周先生,他却是一位身材瘦小、衣着简朴,在外表上不甚引人注意的小老头。周先生在大会上作了学术报告,然而由于他那浓重的浙江平湖口音,加之于细弱的声调,令在座者一时难以听清他的讲解,后来只好由同来参会的中国社科院文学所的卢兴基先生作临时翻译,这样周先生的报告才博得了一阵阵热烈的掌声。他对元好问的诗词评价甚高,认为是"八百年来第一人"。

因为参加此次研讨会的学者中,不乏诗人、书法家,诸如山西的姚奠中、福建的蔡厚示、河南的林从龙等等,大会拟定举办一次吟咏笔会,且让我去主持,时间是从某日晚饭后的八点钟开始。当笔会的现场刚刚布置好,华灯朗照,纸墨精良,第一个到场的便是年近八十的周振甫先生。这有点出乎我的意料,一位大学者,没有些许的架子,不请便到,给人以和蔼可亲、平易近人的感觉。诸多年轻学者见周老到场,便围拢上去,请周老开笔,周老说:"我不善书法,权当抛砖引玉哩!"便濡墨挥毫,连书数纸。我怕老人疲累,劝其休息,周老说:"无碍,无碍,大家求字,盛情难却,献拙而已。"就这样,求索者愈来愈多,周老有时坐下来,呷一两口清茶,然后继续命笔。那晚,周先生基本满足了大家的要求。那场景是十分感人的,老先生的辛勤劳作和无私奉献精神,正如同他一生所从事的编辑工作一样,无不是严谨认真而又极其负责。机不可失,在笔会中,我也求得了周先生的墨宝:

> 高文何绮数谁能,谈艺今居最上层。
>
> 已探骊珠游八极,更添神智耀千灯。
>
> 九州论学应难继,异域怜才倘有朋。
>
> 试听箫韶奏鸣凤,起看华夏正中兴。
>
> 录旧作题默存先生《管锥编》以应巨锁方家之属
>
> 周振甫一九九〇年八月

1998年12月19日,钱锺书先生辞世后,我想到了周老的墨迹,便悬之粉壁,以寄托对钱先生的景仰之情。其后,还不到二年的时间,与钱先生交谊甚厚的周振甫先生于2000年5月15日也归道山,虽年高九十,但不能不说是中国学术界的一大损失。去年8月间,我在成都逛书市,购得一册《一寸千思——忆钱锺书先生》,其中所收"周振甫挽诗",正是为我所书的那首(诗中改易数字)。睹物思人,周先生在忻州元遗山学术会上的音容笑貌,顿时又浮现在眼前。

2001年3月11日

游寿三札

霞浦女史游寿先生是我最为敬重的当代学者之一，她在考古学、古文字学、历史学诸方面的研究卓有成就，更兼教育家、诗人、书法家于一身，这在今天的学界，当是凤毛麟角的人物了。

"前岁总理(周恩来)问王冶秋同志(国家文物局局长)，国内能读甲骨文、金文者几人?以不及十人对，东北区及老身矣。"这是1972年游寿先生在《有感》一诗中的部分题记。

"4月，接游寿4日来信及祝寿诗，并于11日复函。"这是《宗白华年谱》"1979年(己未)，八十二岁"中的第一条。

以上仅录小例二则。前者是国家文物局局长对总理的应对，自属定论，而后者是一代美学大家宗白华年谱中的条文，在宗先生89年(1897-1986)的生涯中，书札往来何其多也。而于年谱中，独著此一笔，亦足见游先生在学界的位置和分量了。

我恨无缘，在游寿先生于1994年2月16日以89岁高龄仙逝前，未能一睹颜色，亲接謦咳。所幸手头存有先生惠赐书札、墨迹数件，偶一展玩，倍感快慰。

1987年，山西举办"杏花杯"全国书法大赛，作品评审结束后，评委同游五台山，我与黑龙江书家李克民下榻一屋，话题自然谈到了共所仰慕的游寿先生。当时我在编辑《五台山诗百家书法撷英》一书，并拟在五台山筹建碑林，遂请李先生向游老代征稿件。未几，便收到游先生惠赐大作："杖锡伏虎，梵呗潜龙。"

欣喜之余，我有点犯难了，入编书籍吧，不是诗；上石刻碑吧，不足二尺，尺幅小了点（当时我尚未悟放大之术）。无奈中，大着胆子，致函游老。先生不以为忤，遂书四尺对联："盘陀石上诸天近，园照光中万劫空。"是摘明人腾季达《咏南台》的诗句，所书墨迹，浑朴宁静，读之，犹对古刹老僧，未及聆教，油然起敬。到1990年碑成，奉寄拓片与先生，顷接回函：

> 奉华翰，喜见汉人章草笔致，久不见此矣。报上狂野之书，何可拟也。余老矣无能，书易语一则，以勉文旗无量。拓（片）甚佳可人也。敬问巨锁同志。游寿十二月一日。

随函附赠七字小条幅："天行健，自强不息。"于此函札、条幅中，亦见先生奖掖后学、提携新人的高尚品格。所赐墨宝，至今悬诸隐堂之上，朝夕晤对，以为鞭策和激励。

1991年，我又应约编辑《峨眉山诗百家书法撷秀》，再次致函游老，希望得其鼎助。先生于1992年元月书苏轼诗句："瓦屋寒堆春后雪，峨眉翠扫雨余天"寄下，并附简札：

> 巨锁先生：来书并《山西书法》收读，甚嘉，甚嘉。寿夏间一病，入冬幸差，但两眼已近于盲，手又无力，尊命未能如意，奉上一晒也。此祝前程无量。游寿启一月八日。

先生病体初愈，不忘在远之所求，奋力命笔挥毫，令我感动不已。然或因先生年事已高，将诗联中的"扫"字，误为"柳"字。我深知先生治学为文，素甚认真，故不敢也不愿将此误笔之作印入书册，遂请先生改写一"扫"字。仅过十天功夫，先生便回函于我：

> 巨锁先生：尊嘱改写"扫"，四字奉上。初恐纸不同，找出原书纸，另写二字，如不佳告我，当另书奉上。老耄健忘，不

一。此问年祺。游寿顿首。一元(月)十八。

于此，多少可以得见先生行为操守的恭谦和高尚，作字为人的严谨和认真。对我们这些晚生后辈，先生无疑是一个榜样。细审四个"扫"字，迭合一处，如同依样取影，丝毫不爽，功力之深，突现一斑。书件装池时，将"扫"字补入"柳"字处，上下呼应，天衣无缝。大作悬诸粉壁，墨香四溢，真力弥满，雄强壮伟中又透出一丝生趣和拙趣，诚先生晚年之力作。

隐堂案头有一册《游寿书法集》，书中几乎囊括了先生各个历史时期的法书墨迹，既有创作，也有临习，创作中，诸体兼备，各呈异采；而临习中，临甲骨文，临金文，临汉隶，临魏碑，临钟繇等，从中亦可窥见先生学书的源渊所自，有所谓"求篆于金，求隶于石，神游三代，目无二李"。传承着李瑞清、胡小石所倡导的这一路书风。在先生书法集中，晚年作品，几乎历年皆备，唯缺八十七岁时书品，而为我所征之苏轼诗联正是 1992 年先生八十七岁所书，当可弥补此一缺憾。它年书法集再版，收入此作，岂非一段佳话和幸事欤！

先生不独惠我多多，与山西也是有缘的。在一则题记中，先生写到："(寿)到北疆亦二十年，不意老耄之人而得登山见洞穴(大兴安岭嘎仙洞)而论此，诚大快意，想海内同好亦或乐见之。又于 1984 年上云冈，留连石窟造像竟日，亦可无恨矣。"读先生文，赏先生字，忆与先生之墨缘，亦"大快意"。适值先生百岁诞辰，草此短文，以为芹献也。

2005 年 10 月 13 日

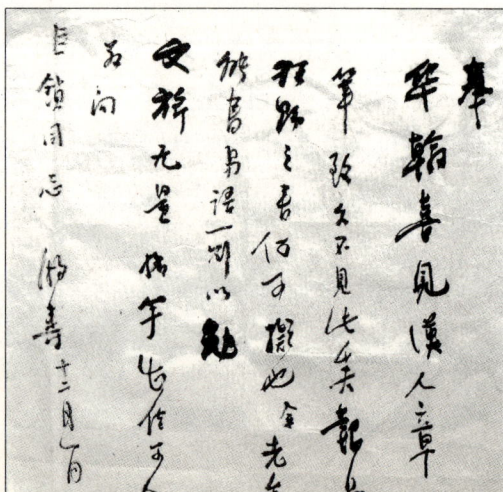

游寿先生函札

钵翁墨迹

　　早在 20 年前，我的办公桌玻璃板下压着一幅书法作品的印刷件，是潘受先生题赠苏渊雷先生的手迹。潘先生是新加坡的书法国手，在新加坡书坛上，坐着第一把交椅，一派何绍基的风韵。我曾有评云："余观潘受先生之书法，厚重秀拔，品格不凡，远窥颜平原之堂奥，近得何子贞之风神，笔精墨妙，共仰千秋，偶发清思，或见古稀老人挥毫之倩影也。"拙文曾被黄葆芳先生转录，刊发于新加坡的《南洋日报》上。这已是上世纪 80 年代的事情了。而当时对苏渊雷先生，则不甚了解，可见我的孤陋寡闻了。到 1987 年 9 月，我适普陀山，普济寺设素斋款待我们这些自五台山而来的客人（当时举办《五台山、普陀山书法联展》），于方丈室正壁上悬挂着苏渊雷先生咏普陀山四绝句，是题赠妙善法师的，不独字写得神采飘逸（赵朴初极赞钵翁书法），那诗确是"七绝精警似遗山"（朱大可评苏渊雷诗作）。这诗书妙品，令我眼前一亮，品读再三。询之左右，对苏先生才有了初步的了解。

　　苏渊雷，字仲翔，晚署钵翁，浙江平阳人，1908 年生，早岁参加革命。抗战期间，在重庆，与马一浮、章士钊、沈尹默、谢无量诸公游，深受教益。解放后，执教上海华东师范大学。1958 年，右派加冠，流放辽东，后于役哈尔滨师院。1971 年被迫退休返籍。浩劫结束，沉冤得白，重登华东师大教席。先生执教之余，著述不辍,书画之作,更为余事,其诗文,无不为人所重。

我自舟山返晋后,特致函苏老,为五台山碑林敬乞墨宝。时过一年,未见回音。深知老人年事已高,且应酬冗繁,自能理解其苦衷,而无丝毫之介意。到1988年,"10月6日,由山西大学古典文学研究所牛贵琥同志转来华东师范大学苏仲翔(渊雷)先生所书傅山诗《五台山旃檀岭》一幅"(见1988年《隐堂日记》)。此作是苏老当年莅晋参加唐文学研究会,遂将大作由沪随身携来的。此举令我十分感激,即致简函,以申谢忱。

三年前,95岁高龄的施蛰存先生以所著《北山楼诗》签名惠我,其中有赠苏老七律二首。读其诗,聊见钵翁当年状况,兹录于后,以窥豹斑。

其一,《苏仲翔滞迹辽东近有诗来,作此奉怀》:

一卷新诗塞上来,故人心迹出琼瑰。

惊鸿落阵三杯圣,野鹘翻云八斗才。

天意岂容辽海老,风情知耐鬓霜摧。

化鹏早遂图南计,伫待高歌浩荡回。

其二,《仲翔南归,疏狂如故,今年七十,诗以寿之》

逐客归来雪满颠,征尘都入北游篇。

疏狂标致初无改,跌宕才华老更妍。

七秩古稀尊豹隐,一杯乐圣共鸥闲。

即今致道恢文德,好构茅亭草太玄。

读是诗,从中自可见苏老的一些心态和行迹。老人好酒疏狂,以诗书寄情,虽在放逐之时,犹初衷无改,独倚樽罍,吟身点露,在先生的旷达心怀中,自也流露出些许孤独与凄凉,这当是对右派遭遇的一种真实反映吧。

人生苦短,新加坡潘受先生、海上苏仲翔词丈以及普陀山妙善老和尚先后生西,唯有他们的诗词墨迹和禅林德政,让人们永久地传诵和怀念。

佛家讲"缘分",有时有意外的因缘,也会给人带来一份欢喜。今年三月间,我寄《陈巨锁章草书元遗山论诗三十首》长卷印品与上海季聪兄,日前收到回函,并回赠一幅钵翁墨迹。这真是投之木瓜,报以琼瑶。信中说:"呈上先师遗泽,大哥藏护为最佳者也。"这是一幅高37公分、宽54公分的皮纸小横幅,题为:《五台山之晨》,诗云:

　　　　五台山矗北天门,梵宇琳宫沐晓暾。
　　　　曾是文殊行化地,塔铃树影最消魂。

书件尾署"苏仲翔"三字,钤"钵翁八十以后作"细朱文印一枚。老人生前兼任中国佛教协会常务理事、上海佛协副会长。在著作等身的出版物中,所点校的禅宗语录《五灯会元》,尤为精辟。对佛教圣地五台山,自然亦是感情系之,便以耄耋之年,不远千里,礼佛而来,登临咏啸,书以志之。其大作墨迹,今悬隐堂之上,朝夕相对,蓬荜生辉,遂草短文,以记殊胜墨缘。

2004年8月

忆访罗铭先生

春节前,整理杂物,在师友的书札中,偶然发现罗铭先生的一幅未署款字的《华山图》,引起了我的一段回忆。

我从小喜爱绘画,罗铭是我很早就心仪的画家之一。在我上初中的时候,罗铭与李可染、张仃在京举办山水写生画展,引起轰动,报刊杂志多有报道。三位画家各具特色的作品,给我留下了深刻的印象。后来,我上大学学美术,又看到了《罗铭访闽粤侨乡写生画集》,对先生"本六法、渗西学",兼融中西绘画的风格,尤为心折,遂私淑之。

1976年11月,打倒"四人帮"未几,我因公赴陕,道经华山,便顺路攀登,在冰天雪地里,在零下27度的气温中,硬是"呵冻"作水墨写生画十数幅,因感风寒,曾卧病临潼。待抵西安后,即携拙稿谒访时在西安美术学院执教的罗老。时年64岁的罗老,很健康,也很健谈,又甚风趣,所以我在他的画室里并不感到拘束。而且满屋的书画名作,令我目不暇接,犹如步入了展览会。记得当时看到的有齐白石90多岁时所作的"老来红",魏紫熙的"黄山",白雪石的"阳朔",以及王个簃和费新我的书法作品。费老所作条幅的内容是著名的诗句:"愿乞画家新意匠,只研朱墨作春山。"罗老还向我展示了一本册页,皆当代名家所作,有齐白石、潘天寿、李苦禅、李可染、胡佩衡、吴镜汀、秦仲文诸先生的花卉和山水。

待我呈上华山写生画稿时,罗老逐一审视,他说:"这是'五里关',这是'青柯坪',这是'朝阳洞',这是'苍龙岭',这是……"足见罗老对华山诸景点的谙熟。他说他对华山情有独钟,十几次登临写生,得画稿不计其数。对我的写生画,他先作肯定,予以鼓励,然后告诉我写生画"既要尊重对象,又不能受对象的束缚,要敢于夸张,敢于突破","仔细观察,勤于实践,自然会有感悟,在不断总结中,会画出好的作品来"。罗老从橱柜中取出他自己的一大卷已托裱好的水墨写生画,让我观摩,使我眼界大开,深受启发。这些写生画中还有"难老泉"和"五台山"等我们山西的名胜。罗老说:"我到过贵地,你们那里的风景是很美的,可惜去的时间太短了。"我说:"欢迎罗老在方便的时候,再到山西作客。"罗老说:"一定! 一定! "

我请罗老作画示范,他取出一张三尺单宣,裁作二条幅,展于画案,拣一枝小狼毫,略一思索,便染翰挥写,但听得纸笔相交,瑟瑟有声,老辣而迅捷的运笔,或点垛,或皴擦,转瞬间,山石、流泉、丛树、老屋……在洁白的生宣上幻化而现,一幅气势壮阔而风格苍浑的《华山图》跃然眼前,令我大饱眼福。罗老却说:"久不作画,此作未能称意。"遂又取另一条幅,重新染翰,未画几笔,又搁笔道:"不成!不成!我给你画幅麻雀留念吧,我当年在南洋可有'罗雀'之誉呢。"罗老谈笑间,画了一幅十分生动的四尺三裁的《竹雀图》赠我。又说:"这幅华山图,画得不成功,你可拿去作参考,但不签名。"罗老这种诲人不倦的精神和严肃认真的创作态度,令我感动不已。

20多年后的今天,重新欣赏罗老无款的《华山图》,我不禁浮想联翩。仔细品读,发现这其实是一幅画法高妙、布局严谨、境界幽邃、气韵生动的佳作,遂欣然为之敷色,并题俚句于其上:"崎峰壁立压潼关,老树岩花冷云间。世上多少涂抹手,何曾梦见罗华山。"当年罗老因画华山而驰名海内外,曾赢得了"罗华山"之美誉。

　　时值罗老辞世五周年之际,谨草短文,芹献于先生在天之灵吧。

2003年5月20日

罗铭先生画作

怀念公刘先生

春节后,我有南洋之行,由吉隆坡返飞香港的第二日,在九龙尖沙嘴得观一份《大公报》,上载邵燕祥的文章《忆公刘》,并附一幅照片——"公刘遗像"。一睹遗照,我心不禁怦怦然:公刘先生去了。同行者尽入市场,我在街头茫然地立着。一时间,堕入了无尽的沉思之中。

公刘先生的诗作,我很早就拜读过,认识公刘先生,当是在上世纪 70 年代初,正是先生流放忻县的时期。是时我住在忻县文庙(早已火焚,今文庙荡然无存了)搞展览,而"老刘"(当时对公刘先生的习惯称呼)已由下冯大队临时借调到忻县文化馆。因我们都在县招待所就食,有时坐在一张饭桌上喝稀饭、啃窝头,见面多了,偶有交谈,慢慢地就熟起来了。因为他曾是名驰海内的著名诗人,尽管身遭坎坷,我内心还是很仰慕他、亲近他。老刘是江西人,当时我画了一幅题为《井冈山颂》的中国画,请老刘指导,他对我的画稿看得很认真,并提出了中肯的意见,却又说:"我是外行,说不准,供参考。"有一次,我到县文化馆小坐,正值馆内组织学习(或读报),大家皆围坐在大桌旁,唯老刘一人独坐在临窗的一张长靠背椅子上(或长板凳),孤零零的。见此情景,我心甚是不适,便靠他坐下来,小声问候,他却示意我"不要吭声"。

1976 年秋天,"四人帮"被打倒后,老刘结束了他的流放生涯,偕女儿落籍安徽。从此,见面的机会就很少了,而他那一首首一篇篇扬善掸恶,追求真善美,鞭挞假恶丑的诗文,却可以常常拜读到。

1984年4月间,公刘先生因了他那"解不开、剪不断的'山西情结'……回到第二故乡"。忻州市(今忻府区)市委领导设宴为老刘(这称呼叫惯了,也觉得亲切)接风。我曾叨陪末座。下午,老刘应大家之请,为同志们作字留念。我也请他写一幅,他说:"你是书法家,我怎敢班门弄斧!写什么内容呢?"在场的郭秋池同志说:"就写'班门弄斧'吧!"老刘果然写了这四个字,并写上"巨锁方家正之,公刘·甲子四月四。"这话,我不敢当,自不能悬挂,其墨迹便也不曾装池,只好存入筪箧,留作纪念。而今先生已去,墨迹犹新,翻检大作,竟生发出人琴之叹来。

1984年老刘过忻,在我的日记中曾有记载:"5月4日,诗人公刘同志举行答谢宴会于忻州市(今忻府区)招待所,席间朗诵其新作《旗誓》。"

"5月5日,致书赖少其同志,请公刘同志转呈。"当时我正在编辑《中国当代名家书元遗山台山杂咏》书法册,一时间将赖老的通讯地址丢失了,遂托老刘传书泚上。老刘不以为忤,欣然代劳,令我十分地感激。7月初,便收到赖少其先生的法书大作。此虽小事一件,从中亦可窥见公刘先生办事的认真负责。

1994年,公刘先生由女儿刘粹陪同"冒暑蹈火赴汤,于七月一日毅然带病启程"再度"归去来兮",莅临忻州。当时我在忻州宾馆见到先生,十年不见,已不复从前模样,但见刘老蓄了长长的胡须,满面的笑容,炯炯有神的双目,和每个见面的同志热情地握手,亲切地交谈。刘老还是当年老刘,亲切中还流露出他那耿介和率直的个性。此行,来去匆匆,未及畅谈,在我的日记里也有一则:"1994年7月13日,上午,刘琦、张承信陪同公刘并女儿到忻,中午予宾馆接待,下午到插队地,晚赴太原。"午饭后合影留念。这次行踪,公刘先生在他的题为《昨夜惊魂》的文章中曾作了详细的叙述。这里,我就不再赘叙了。

去年春天,我过天水,曾购得《公刘随笔——纸上声》上下卷,厚厚的两卷书,伴我在陇行中度过了一个个寂寞的夜晚。拜读中,曾为他那时时处处"奔突着诗之脉搏"的"以血煮字"的文章激动着,以致彻夜不眠。我在《纸上声》的扉页上写了几句:"2002 年 4 月,过秦州,于天一书店见公刘先生随笔上下卷二册。因刘老曾居忻州,时有过从,偶于客中,见其大作,如见其人,遂购以为念。陈巨锁。"刘老去了,刘老的《纸上声》永远陈列在隐堂的书橱中,自然想到了鲁迅先生自题《呐喊》的一首诗:"弄文罹文网,抗世违世情。积毁可销骨,空留纸上声。"我深知:不管是鲁迅先生的《呐喊》,还是公刘先生的《纸上声》,将在太空中永远地回荡。

　　　　　　　　　　　　　　　　2003年 4 月 20 日

张颔先生二三事

张颔先生是我所敬重的前辈学者。所惜先生居太原,而我供职于忻州,不便过从,疏于请教,常引以为憾事。然小有交往,亦令我铭感不忘。

1980年初春,我适太原,遇书法家徐文达先生。他说全国将举办首届书法篆刻展览,山西拟送30件作品参选,要我写一幅。且截稿日期无多,需在二三日内完成。我想自己虽耽爱书艺,然所作尚属稚嫩,又不允回忻从容创作,入选国展,不抱奢望。只是长者之命,岂敢有违。遂到老同学王朝瑞家,裁一张四尺整宣为二条幅,一书元好问七绝一首,一书鲁迅散文摘句。字虽写就,尚无印章。朝瑞说他代请张颔先生为我治印。说来也喜,拙作条幅,竟意外入选展览,这自然也沾溉了张颔先生为所治印章的光华。先生为古文字学家,作书治印,当为余事,治印尤少,然偶一操刀,便不同凡响,出秦入汉,古韵高格。为我所治"巨锁书画"白文印,不雕不琢,一任自然。此印,自今我还钤用着,每拿起印石,便自然想到为我治印的张先生。

大约是上世纪90年代初,省城几位书家到原平县参加古庙会,张颔先生应邀同往。会后,东道主以乡镇所产唐三彩仿制品赠送书家,颔老接一骆驼,顺口吟到:"愿驰名驼千里足,送儿还故乡。"思维之敏捷,言语之幽默,令在场者笑乐不已。

也是二十年前的往事了,山西省文物局张某去世,北京将此消息误植颔老名下,一时间,致挽联、挽诗者,比比而至。时任省文物局局长的张一同志,慌了手脚,深恐此事传入颔老耳朵,有所刺激,便不假深思,竟将挽联、挽诗,付之一炬。事后,我于忻州邂逅颔丈,谈起此事,我说:"民间有冲喜的习俗,此误传,也非坏事,正可看看朋友们对您老的评价。"先生说:"实在可惜,实在可惜! 生前能一见挽联挽诗,也是一件幸事! 这个张一,该说他什么好呢! "惋惜之情,溢于言表。

二○○○年秋月,我受友人委托,代为介休市绵山碑林征稿,曾致函当时已是81岁高龄的颔老。为其家乡名山作字,先生则更为认真,便自撰诗句,同大札一并寄我:

巨锁同志:您好! 大函奉悉,遵嘱写就为家山碑林中幅一条,请两正之。老手迟顿,写的不好。您看的办,能用则用,不能用弃之可也。

我自己作四言赞体诗一首 (用小篆书):"绵山终古,介邑韫灵。人文芸若,永葆斯馨。"谨如上。祝嘉祺! 张颔上,二○○○年八月廿三日。

颔丈为人为学,扎实严谨,所著《侯马盟书》、《古币文编》以及诸多学术论文,在国内外颇负盛名,今为家山作字,更是一丝不苟,其气象直逼斯冰,却自谦若此,能不令人敬重,方之当今书坛那些自视甚高而书品平平的"大家"们,自不可同日而语了。

今张颔先生已是88岁老人了,还时有大作问世,这实在是学界的人瑞,真令人敬佩呢!

2007年10月1日

不曾谋面的忘年交

——记周退密先生

四明周退密词丈,久居沪上,年高九十有一,是我仰慕的学者之一,相交逾二三年,时有书信往来,却不曾谋面。

五年前,九五高龄的施蛰存先生赠我签名本《北山楼诗》,就中有《周退密夫妇五十齐眉祝之以诗》和《题退密诗卷》二首,皆施公早年之题咏,时退密先生尚于役辽东。2001年12月施先生又赠我《北山散文集》两巨册,其中书信部分,收入施先生致周退老函札就有68件之多,为收信人之最。于此可见二老的交往之密和情谊之深了。我拜读这些函件,如对二老,品评碑帖,切磋辞翰,商借资料,相约晤面,互致问候,无不赤诚相见,真情感人。2002年8月,施公再以大著《北山谈艺录续编》见赠,此书扉页之题字便是周退老手迹,秀逸中见神韵天成,劲健处知人书俱老。

感谢施先生的惠赠,我对周退老的了解,不少是从施先生的著述中知道的。年前,施蛰存先生以百岁高龄作古了,我深深地怀念他。在我的书架上,不独陈列着施老的多种签名本著作,还有我最为钟爱的施先生在30年代所编的《晚明二十家小品》的重印本。这是我于1984年自泉州携归的,于今也有20年的历史了。

话已扯远,言归正传。在2002年2月,我请上海季聪兄与周退密先生转上拙作散文集《隐堂随笔》一册,以乞教正。到六

月间,得到周老回函,并赐法书数件,令我喜出望外,其函曰:

> 隐堂先生:月前季聪同志来,读尊著《隐堂随笔》,至为感谢。足下文笔斐然,引人入胜,至为钦佩。敬书奉匾额、楹联、条幅等数件,聊博大雅哂正。并志墨缘,非敢以云报也。即颂文祺,并祝潭吉。弟退密匆上恕率。
>
> 2002.6.24

先生以隶书"文隐书屋"、篆书"隐堂"、行书条幅书王西野诗《九华山遇雨》,楷书拙联"青潭白龙时隐现,丹崖古碑任摩揩"为赠。先生于我初交,何厚幸如之!我感激不尽,遂即修书再三致谢。至同年11月,周先生又以大著《捻须集》见赠。此书收先生十年中五言律诗160首。遂置诸案头,不时品读。先生虽年登耄耋,却诗思敏捷,诗律精微,能不令人钦佩。

去年春天,拙作书法长卷《陈巨锁章草书元遗山论诗三十首》由荣宝斋出版,奉寄印品一件与周先生,敬请赐教。未几,得周老长跋一则,跋语错爱过甚,我实不敢当。然前辈提携后学,奖掖之心,跃然纸上,殷殷可鉴。今抄录于后,权当鞭策,惟努力奋进,以谢先生之厚望:

> 巨锁先生:昨以《章草书元遗山论诗三十首》长卷见视,展卷观赏,老眼为之一亮。信夫,当今艺苑之照明珠也。章草书,近日有以用笔凝重,结体奇古为工者,望之若夏禹岣嵝之碑,古则古矣,其如人之不识何。今先生之书则异是,盖能以二王之草法,融入汉人之章草,化板滞为流畅,精光四射,面目为之一新,而结体一仍其旧,规范斯在,为尤可宝也。先生生长于忻州,沐山川之灵气,得遗山之诗教,以绘事名噪南朔。予尝读其诗若文,均秀发有逸气。此卷八百五十字,连绵若贯珠,一气呵成,无懈可击,洵可谓之优入圣域者矣。

诵厉樊榭之"清诗元好问,小篆党怀英"之句。吾意欲之遥企山居俱远矣。爱书所见,以求印可,幸先生进而教之。二〇〇三年三月晦日,四明弟周退密拜草。

周老赠我大跋后,遂即拨通先生电话:
"是周先生家吗?"
"是。"
"请周老接电话。"

"我就是!"我拿着电话,有些吃惊了,90老人,声如洪钟,铿锵有力,若非神仙中人,焉能如此精神健旺。我在电话中感谢老人惠赐大跋,并谈到施蛰存先生与周老的68件函札。周老说:"那只是施公在'文革'后给我的。'文革'前的均丢失无存了。"听声音,不无惋惜之感。最后我祝愿老人保重身体,健康长寿。

先生曾命我作画,有函云:"倘得一小幅法绘,作为家珍足矣。"长者之言,焉敢不从,遂画梅花一纸,献拙于先生。至癸未立秋,始得先生函件,方知先生曾因胆囊炎住院。沪晋千里,山川阻隔,未及慰问,深感不安。惠函附寄诗作二纸,其一为:

巨锁先生赐红梅小堂幅,率赋俚句奉谢:
一幅红梅远寄将,高情厚意雅难量。
昨来自觉衰颓甚,读画权当礼药王。

老树嫩枝疏着花,野梅合在野人家。
若非貌取凭知己,一任横斜映浅沙。

右诗作于今年六月二日,时正因胆囊炎住院三周后出院回家之际,故有自觉衰颓之语。旋于当夜急诊,再入院,直至手术摘除胆囊,故迄未写奉也。八月八日癸未立秋退密又识。

其二为：

　　垂爱劳良友，兼句积牍重。

　　侑觞新画卷，倾盖老宗工。

　　物作青毡守，珍当焦尾同。

　　小诗申悃愊，远寄托飞鸿。

　　病中荷巨锁先生撰联并书及惠赠法绘红梅小中堂，情谊稠迭，至为感激，率赋俚句，以求鉴宥，即乞吟正。九十弟退密更生后拜稿。

　　拙画一幅，竟劳先生费神，吟成三首，并抄寄于我，真是投之木桃，报以琼瑶。藏于箧笥，随时展玩，每每想见周老捻须吟咏之情状。

　　得此诗函，遂致谢忱，并将所藏贺兰山岩画拓片一帧以赠先生。未出月，又得惠书云：

　　隐堂先生侍右：奉月之望日手翰暨贺兰山岩画拓片乙纸，无任欣慰。弟素喜收集古刻拓本，惟岩画一门，当以此为创获，诚为石室中一大特色。欣喜之余，即写一跋尾，兹先将原稿乙纸附呈郢正，希不吝加墨其上掷还，以便打字，至企至企。秋虎可畏，未知尊地已能进入秋凉否？病后手颤，草草复奉，即请文安。弟退密顿首。八月十六日。

又《贺兰山岩画放牧图拓本跋》：

　　贺兰山岩画有狩猎、放牧、舞蹈等诸刻，曾见诸报刊介绍，为吾中华大西北之远古文化遗产。向往已久，亦淡然忘之久矣。日昨忻州市文联作家吾友陈君隐堂（巨锁）忽以拓本一纸见赠。衰年得此，为之狂喜不已。

　　岩画为阴文凿刻，与嵩山汉画像石刻之作阳刻者异。亦制作愈简朴,年代愈悠久之一证也。画中可见者:人二、马一、羊三。左起一人握长竿,从马背跃起驱策羊群,马张口而前,马前又一人握长竿徒行,意在束羊使之就列,以免散逸者。羊三头首尾相衔,行进中时时作回头状,形象极其生动。君于拓本空白处题诗"日之夕矣,牛羊下来"二句,盖明此刻为放牧而非狩猎也。爰为拈出,以著君之精鉴,不如仆之一览而过,泛泛不求甚解也。

抑仆又有言者,辛巳(2001)之春,君曾于役银川,亲临贺兰山下,目击岩画,有"观之再三,不忍离去"之语,其好古之情,殆如蔡中郎之于《曹娥碑》,欧阳率更之于索靖书矣。昔香山居士有云:"厮石破山,先观镌迹,发矢中的,兼听弦声"之数语,以之移赠吾隐堂,可谓恰如其分际。君其莞尔一笑,受之可乎。二零零三年八月二十日。四明周退密,年九十更生后,书于海上安亭草阁。

读先生跋文,我不禁汗颜。贺兰山岩画拓片藏我处多时,实匆匆"一览而过",其题句曾不假深思,亦顺手拈旧句书其上,仿佛而已,大略而已。而先生对岩画拓片,观察之细密,考究之精审,又将此岩画的形象逼真地再现给读者,这一切无不令我叹服。从中正可窥见老先生治学的严谨,行文的高妙。

随函尚附有《退密诗历》复印件二纸,存录诗稿 6 月 2 日二首,7 月 17 日至 31 日七首,8 月 2 日二首,8 月 10 日六首,8 月 17 日一首。于此,足见周丈与诗为伴,不废耕耘。愈感先生宝刀不老,诗思如泉。

周老好酒,见有句云:"我虽户名小,亦颇酒思汾"、"枯肠无酒润,闲坐听茶笙"、"酒中有深意,浅酌幸毋呵"……我生愚钝,得交周丈,自感幸甚,何日携汾酒赴沪上,一睹先生仙颜,把盏乞教,其乐何如。

先生与我诗、书(信)、题跋等已集录多多,从这些文字中不正可以读出周丈的道德和文章吗? 行文之时,正值甲申上元夜,遥祝老先生体笔双健,童心永驻。(先生有句云:"镜中惟白发,心里尚童孩。")

2004年2月5日夜

段体礼老师十年祭

书画家段体礼先生，是我在中学时期的美术老师。今年正值先生百岁诞辰，也是先生辞世的十周年。际此时日，我不时地回想着老师对我的教诲。

我从小喜爱书画，当 1954 年考入在崞县县城的范亭中学时，便有幸遇上了执教美术课的段老师。这是一位 50 开外的长者，不苟言笑，十分严肃。上课时，要求黑板擦得净洁，教桌上不得有一丝灰尘。而他所作的范画是那么的精美，板书是那么的飘逸，讲课的语音低缓却很清晰，一字字，一句句，直注入你的耳朵。对这样的老师，我不独十分地敬重，还有几分敬畏呢。所以老师安排的作业，我总是完成得十分认真，便也多次得到了表扬和鼓励。孩子的虚荣心强，我学美术的劲头自然更大了。

在范亭中学，段体礼先生是唯一的美术老师，在他的教导下，每个班级都涌现了几名美术成绩突出的学生，我们便自发地组织了一个课外美术活动小组，利用课余时间和节假日到城外写生，到剧场画速写，为板报、壁报画报头、插图；有的同学还能搞一点创作，参加县里、区里的展览，在报刊、杂志上发表。

在 1958 年大跃进的年代里，由于形势的需要，段老师带领我们画壁画，不独在崞县城内，在一些大的村镇的墙壁上，也留下了我们认真绘制的图画。

通过老师多年的精心培养，范中的同学有不少人走了上书画的道路。1959年有邢安福、王尤才考入了山西艺术学院美术系中专科。次年,我与亢佐田同学也考上了艺术学院美术系。此后,又有王錞等同学考入了山西大学艺术系美术专业,范亭中学重视美术教育,也随之蔚成风气。

段老师在教学之余,很重视自身的书画创作。早在1952年,便有《崞县来宣桥》的山水横幅参加了《全国第二届国画展览》。到1959年段老师又以山西省重点美术作者的身份被抽调到省城,为国庆十周年创作献礼作品。画家们深入生活,收集素材,跑遍了山西的山山水水,集体完成了《同蒲风光》山水长卷的创作,段老师又创作了《北桥工地》、《京原线开工了》、《段家岭隧道》、《崞山迭翠》等作品,先后在太原等地展出和发表,获得了高度的评价。在书法上,1962年段老师所书文天祥《正气歌》六条屏,展出在山西省首届书法篆刻艺术展览会上,颇为引入注目,得到众多书家的赞许。有人撰文,在《山西日报》上予以评价,从此也确立了段体礼老师在山西的书法地位。

溯其源,1924年老师考入山西省立第一师范美术专修科,专攻书法、绘画,先后得常赞春、李亮工指授。对小篆用力尤勤,远追斯冰风范,近参吴熙载、莫友芝笔法,陶冶熔铸,成自家面目。赏其大作,结体严整而韵致高远,用笔畅逸而内含风骨。1980年所书毛泽东诗词参加全国首届书法篆刻展览,为其代表。至耄耋之年,其笔力仍未见丝毫衰朽之意,诚世所罕见也。

说来皆是缘法。当我1960年考入大学后,段老师也调离了范中。而我1965年大学毕业后,分配回忻县地区工作时,段老师正执教忻县师范,两人同在一城,时相过从。然而好景不长,很快"文革"开始了,老师是从旧社会过来人,自然受到冲击,被监督劳动改造。偶然相见,老师却是衣着干净整齐,心气和平,精神如旧。我深为老先生能善自调整心态,不为一时屈辱而沮丧,心生极大的宽慰。这便是老师的一种修养了。

"文革"后期,段老退休,携眷定居崞阳镇(原崞县城)。老师在此教书十数年,环境熟,熟人多,感情深,居亦安然。谁能料到,小他十多岁的师母竟在80年代撒手人寰。老师甚是悲痛难耐,终日以笔墨排遣,亦不能解脱,后随大女儿远走新疆,改换环境,调理情绪。在乌鲁木齐,与边陲的书画家、诗人们时相往还,多有和唱,还书写了《段体礼篆书千字文》一书,并付诸梨枣。此后,我又为段老师编选了《段体礼小篆作品选》,由山西人民出版社出版发行。其中所收作品,多是老师为同学们写赠的条幅,散见于太原、忻州等地,由校友贾宝珠同学奔波翻拍,姚奠中先生欣然为之作序,于此亦可见段老的人品和书品了。

某年,段老赴京小住,在北京语言学院执教的范中校友王金怀同学,遂请老师为外国留学生作书法讲座,并即席挥毫示范,令那些碧眼黄发的学子们为之啧啧赞叹,并报以热烈的掌声。

1986年秋天,忻州地区文联、教育局、文化局等单位联合举办 "段体礼先生从事书画创作和美术教学工作六十周年纪念" 活动,展示了段老的近作,出版了先生篆书的《五台山风光楹联集锦》等,省城文艺界领导和书画家曲润海、聂云挺、姚天沐、林鹏、王朝瑞、王镇、冯长江等到会祝贺。段老兴奋地表示:"在有生之年,为书画艺术事业的繁荣,将竭尽绵薄之力。"在老师90华诞时(旧俗虚岁生日时举办),值我远适河西,未能躬逢其盛,遂在敦煌市为老师发了一封申贺电报,献上一瓣心香。

至1992年2月,记得是旧历正月初六下午,有人自原平捎口话来,说"段老病重,愿见一面"。次日一早,我偕张启明、杨茂林赶到原平县医院,老师卧病床上,已不能说话,眼也不睁,两腿不停地颤动。我们轻轻的喊着:"段老师、段老师……"他似乎微微地点了点头,神志似乎还清楚。我们含着眼泪说了一些安慰的话,便遵医嘱离开了病房。据说当日下午,王锃、亢佐田等同学也从太原赶到原平探望了老师。正月初八,老师走完他人生的旅程,便与世长辞了。随后,同学们为老师举行了一个还算隆重的追悼会。

我与老师交,垂四十年,给我的信件有数百件之多,老师辞世后,便拟写一点纪念的文字,却又不知从何说起,值恩师逝世十周年之际,草此芜杂短文,算是我对老师的怀念和祭奠吧。

老师段体礼,字子敬,1902 年 11 月出生于山西省崞县(今原平市)下大林村,1992 年 2 月 12 日逝世于原平县,享年 90岁。生前是中国书法家协会会员,山西省书协名誉理事、山西省美术家协会会员、忻州地区书法研究会副会长等。其女段春山,中国书协会员,其子段希春,山西省书协会员,所作篆书,皆能承乃翁家法,传其遗绪,得其面目;而老师的学生,在书画界享有成就者,仅国家一级美术师就有王锃、亢佐田、傅琳、邢安福、王建华等,朱连威、王郁、邢同科、赵玉泉、李官义、高茂杰、王晨、阎仁旺、郝江男、张存堂、石中理等一大批在书画艺术上学有成就者,无不沾溉了段体礼先生的教泽。老师有知,也当欣慰含笑了。

2002 年 2 月

王绍尊老师小记

一

　　王绍尊先生是我大学时的老师。1958 年,为支援山西艺术教育工作,王先生由北京调山西艺术学院任教。1960 年 9 月,我考入该院美术系。从此开始,王先生成为我的恩师。老师是教学的多面手,凡解剖学、透视学、中外美术史等课程,他都兼任,而我最喜欢的是上先生所教授的写意花鸟画。王老师是齐白石的嫡传弟子,在他笔下的花卉草虫,自然流露出白石老人的神韵,花卉水墨淋漓,草虫楚楚动人。且老师勤于为学生作示范画,学生每出素纸,先生则欣然挥毫,故当年学子中多留有师尊之墨宝。

二

　　艺术学院是一所新建未几的院校,美术系资料匮乏,便请王老师赴京沪等地购买国画作品。老师忘却疲劳,四处奔波,购回张大千、李苦禅、王雪涛、傅抱石、蒋兆和、叶浅予、徐燕荪、陈缘督、任率英、刘凌沧、祁景西、李耕、程十发等当代名画家的山水、花鸟和人物一大批。记得这些作品大多是四尺整纸的尺幅,而每幅仅五十元左右的价格,其中还有胡佩衡的山水四条屏,是胡先生晚年的代表作,也只 160 元。而当时院系的有些领导认为这批画买贵了,说什么"王先生出价也太大方了"。其实有些画家,如李苦禅、王雪涛诸位和绍尊师是师友之交,其画价都是很关照的。此事,令王老师实实地不快了一阵子。然而正是因为有了这批作品,我们才有机会能够认真地观摩临摹,从中学到了不少传统的笔墨技法。至于这批画的价值,若以今天的价格去估量,它该是怎样的一笔巨大财富呢?至于它的艺术价值,则更是难以估量的。

三

王绍尊老师是一位造诣精深的篆刻家,早在抗日战争年代,先生远走昆明,执教之余,效闻一多先生之举,挂单治印,为龙云、卢汉等各界人士操刀,声名遂之鹊起。1945 年,国共和谈时,云南文艺界联合会特请他为中共领导人周恩来、邓颖超、董必武刻牙印三方,以为献礼。期间,曾和闻一多先生互赠印刻,传为佳话。

抗战胜利后,先生返回北京,遂师白石老人进一步钻研印艺,治印更加勤奋。新中国成立后,为楚图南、李可染、叶浅予、李一氓、刘开渠、陈叔亮、孙墨佛、赵少昂、徐邦达、傅天仇、袁晓岑等治印甚多。到山西后,在晋书画家以及一些政界人士,无不请先生治印。最为难能可贵者,凡朋友学生之嘱,也有求必应,分文不取,以今天之价值观来看,可称贵若拱璧了。

在“义革”中,先生被划为牛鬼蛇神一类,备受折磨。后斗争方向转移(斗走资派),老师稍得宽松环境,遂捡玻璃瓶厂石材之下角料,自己动手,锯制打磨,成一方方印材,终日操刀,不知倦怠,将《毛泽东诗词三十七首》全部篆刻,计得三百余方之多,成一巨册,又假山西省测绘局印制,分赠诸友好同道。此作虽非正式出版发行,影响却颇为深远。

1979 年,绍尊师离休返京安居,遂有暇整理印论和印稿,先后出版《篆刻述要》、《绍尊刻印》等著述。前者由楚图南题写书名,李苦禅题"绍尊师弟,白石师继人",赵少昂题"直逼秦汉,凌古铄今"。后者为白石老人题签,由浦汉英和潘絜兹分别写了前言和评论。先生之印,得白石启蒙,上追秦汉,入古出新,大朴不雕,神采焕然,诚大家手笔也。

绍尊师,生活十分简朴,而收藏印章、印谱却十分慷慨。曾记大学时,在闲暇的日子里,老师常常骑一辆破旧自行车,从坞城路到解放路,往返二十余里,光顾文物商店,选购自己喜爱的东西。有时手头紧缺,一时无钱,便把认购的东西订下来,待工资一发,便急匆匆送钱取物,往返又是二十多里。先生曾赠我"行人义事"等印蜕,那些明清印章,皆是他省吃简用购来的。曾见白石老人题记一则:"此印册,有十本。门人王绍尊以重金购于京华。想是吾子孙以易百钱斗米于厂肆也,重见三叹,以还王生。"于此,亦可见老师为篆刻艺术投入了巨大的精力与金钱。

老师治印,亦成教化,助人伦。其女含英,定居美国多年,老师遂为外孙女刻一名章,边款云:"炎黄子孙,当不忘爱祖国。"真是一滴水中,可见太阳。

今年将举办邓小平同志诞辰一百周年纪念活动,91岁的王绍尊老师应某展览之约,治印二方,一曰"改革开放",一曰"功在千秋",观其大作,煌煌巨制,朴拙劲健,宝刀不老,可喜可贺也。

绍尊师为艺,不独擅长书画篆刻,对戏剧、音乐,亦颇有研究,尤精琵琶、二胡演奏,是已故琵琶大师李廷松的第一个门生。我在校时,尝于花朝月下,过老师门前,闻琵琶声起,弹拨至激越时,嘈嘈切切,有如马蹄相践,兵戈相驳,不禁驻足良久,曲终而去。先生亦善制琵琶,曾记我托梨乡——原平同川朋友,为老师代购梨木,以制琵琶之用。其所作之音响,真不亚于乐器店之精品。

老师演奏琵琶,多有佳话流传。早在 1992 年,89 岁的老教授浦汉英先生曾回忆说:"抗日战争末期,在昆明北仓坡我的寓所,我与宋方(浦夫人)特邀李公朴先生、李夫人张曼筠女士和绍尊先生小聚。饭后,绍尊先生演奏了琵琶古曲——《十面埋伏》,以表达抗战必胜的爱国热忱,余音绕梁,至今记忆犹新也。"

五

绍尊老师对人,一字以蔽之曰:"诚"。唯其诚,朋友众多,相交弥久,情谊愈深。先生以诚待人,亦以己度人,以为"我对人诚,人对我亦诚"。孰知,当今人心不古,不免上当受骗。

十数年前,太原某朋友介绍一位将赴香港定居的教师,携其子拜访王老师,言其子喜爱篆刻艺术,欲拜先生为师。王老碍于朋友介绍的情面,便也勉强同意,遂行拜师礼——共进午餐,摄影留念等。临别时,此父子二人提出要求,希望赏读老师所藏书画。老师以为既然收为弟子,遂出示部分藏品,以供展玩。岂知这一展示,那父子二人趁老师不注意空儿,竟将几件历代名人作品裹去。谈起此事,老师只是三个字:"我犯傻。"

数月前,老师到前门外某印章专卖店,挑选了十数枚带盒的鸡血石,一时身上所带现金不够支付,便对店主说:"钱不够,印石暂存一边,我有存款折,就近取来,即可交付。"

"可以,可以。"店主答道。

老师取款归,如数付上,见所挑石材印盒尚在柜台,也不数数,收入提包,匆匆离去,耳后还听见店主说:"你数数呀!"待归家,取出石章一看,数目虽不少,然货已调包,店主以次充好,老师再次受骗。谈到此事时,又是三个字:"我犯傻。"且一笑而已。"君子可欺以其方。"信然不虚。

六

老师对艺术的追求和探索,捉摸得很透彻、很深刻;而对生活的处理似乎力不从心,或者说有些顾不过来的感觉。在山西艺术学院和山西大学执教时,他一人在太原生活。在其宿舍里,概括为一个字:"乱"。起床后,被子往一边推去,蚊帐也不收起。桌子上、椅子上、地上、床头,到处堆放着书籍。有人来,还得临时把椅子上的书拿去,客人方可落座,从画案上清理出一块小地方来,为客人泡一杯碧螺春,日本产的青花瓷杯随即泛出几分典雅。

上世纪60年代,到学校食堂买饭吃,需先用现金和粮票兑换成菜金和饭票来使用。每月初,新兑换菜票饭票后,老师每入食堂,总是把所有票证卡在手里,厚厚的一大叠,自己点要饭菜;菜金、饭票让管理员拿。

老师归京后,独自由保姆小玲照料着,生活一如其旧,家中没有一件像样的新家俱,室内东西杂乱地堆积着,唯有墙上的书画不时更换着,洋溢着神采,散发着墨香。老人坐在斗室里,或作画,或治印,遨游在艺术的无边天地里,其乐无穷。此岂非君子"居无求安"之谓欤!

七

1960年9月,我入山西艺术学院美术系,1962年9月并入山西大学艺术系美术专业,在校前后五年,与绍尊老师朝夕相见,在学业上,受师谆谆教诲,我有点滴进步,老师为之高兴而加鼓励。离校后,迄今已40年,音问不断,在生活上,我遇有不顺,老师甚是关切而垂爱有余。

"文革"后期,我到山西大学去看望老师,相见甚欢,交谈终日。临去时,师以大幅《石门铭》原拓见赠。我致谢而拜领,后又以张瑞图立轴墨迹示我,并说:"此件作品,是我多年收藏之物,也送你,虽为'四旧',尚可作参考之料。可将大幅分割开来,单字贴入《红旗》杂志内。"我不敢也不能接受老师如此珍贵的馈赠。然而此中情意,我是没齿不忘的。

老师是大篆刻家,我的常用印,自然多请其奏刀。1962年,所刊"陈巨锁"三字名章,至今一直钤印着。我喜收藏,曾请老师治"巨锁清赏"四字印,其边款云:"巨锁老弟,交接天下书画名家,收藏亦富,嘱刻此收藏印。"我得新居,老师闻之甚喜,遂治"隐堂"二字印为贺,边款云:"巨锁老弟于八十年代喜迁新居,尚宽绰,设一书斋,名文隐书屋,亦称隐堂,特请文化界前辈楚图南老先生题写斋名,以志庆。"老师与楚先生相交数十年,情谊笃厚,故我的斋额是请绍尊师向楚老代求的,楚老不独为我题了额字,还写了黄庭坚"愿为雾豹怀文隐,莫爱风蝉脱骨仙"的诗联。这自然是因了王老师的面子。1992年,我自日本归,老师又刊二印为赠,其中一方为"窗明几净,笔墨精良,人生一乐"十二字白文印,边款云:"欣闻巨锁老弟,赴日交流书艺,载誉归来,喜于灯下刻此二印,赠为纪念。"

老师居京后,我每次往京,必抽出时间去探望,并请教诲。老人居天坛南门,每日入园锻炼,寒暑不辍。见小玲说,有次上午老师去园中散步,走累了,便坐在松荫下小憩,竟悄然入睡。我听此介绍,忽然忆起了罗两峰为老师所绘的《冬心先生午睡图》,奈何我没有罗传神写照的功力,否则也会画一幅《绍尊老师午睡图》。

月前,我自秦皇岛归晋,经道北京,为去拜望老师,在京滞留半日。91岁的老人了,身轻体健,鹤发童颜,精神矍铄,思维敏捷,实在是难得的。傍晚,我陪老师徒步就近在正阳饭店共进晚餐,老师甚是高兴。临别,赠我斗笔一枝,并说:"这笔是70年前之物,当时我读北京师大附中,同班同学徐绪垄赠我的。绪垄说此笔是他的叔父徐世昌(曾为北洋政府大总统)送他的。绪垄的父亲徐世襄,其篆书写得也是很好的。今将此笔转赠于你,看合用不合用。"虽一枝毛笔,却寄托着恩师对我的厚望,我只有不懈的努力,以取得些许的提高,来回报老师的深情厚意吧!

2004年7月2日

1964年王绍尊先生与乃师齐白石老人合影

访芦芽 记林锴

今年夏天,我邀请林锴先生作芦芽山之游,还希望他找一位年轻人陪同,因为他已是 77 岁的老人了。七月初,他来了,带着他的儿子林彤。那个 20 多年前我在他家所见的孩子,现在已是一个英俊的小伙子,光净的头颅,乌黑浓密的络腮胡,剪得齐齐的,俨然敦煌壁画中的西域人。当年的小学生,今已在中央美术学院执教有年了。

第一次见到林先生,是在 1977 年的秋天。在火车上,我陪他由太原到忻县。由于初见面,尚不熟谂,在无话可谈的时候,他便打开了一本随身携带的《魏源集》(约略是,已记不确切),聚精会神地品读着。我则打量这位书画家,一个 50 多岁的中年人,却十分的瘦弱,多髭须的面颊,被刮得铁青铁青。他说他最喜欢的近代诗人是龚定庵、魏默深和黄公度。问起他身体何以如此清癯?他笑着诵读李白的诗解嘲:"饭颗山头逢杜甫,顶戴笠子日卓午。借问别来太瘦生,总为从前作诗苦。"林先生以"太瘦生"自号,也隐约知道他对作诗的投入了。

到忻县,我陪林先生游览了南禅寺和佛光寺,那气度宏大的唐建和精湛绝伦的雕塑,令他赞叹不已。在文教局小红楼我的斗室中,写了不少条幅,内容大都是他自己的诗作,还为我画了一幅山水横卷:山林丛树,乱石流泉,一赤脚医生,身挎药箱,走过山间小道,即将奔赴缺医少药的山庄窝铺。这是林先生的代表作之一,我曾在北京荣宝斋见过同样题材的大作,不过那一幅是立轴,人物更加突出些,需知那个年代的艺术创作是要主题先行的。

林先生在忻留下了珍贵的墨迹,可惜他那次出行,不曾携带印章,所作书画作品上,也就缺少了厚重典雅的图记。

次年,我到北京,曾拜访林锴先生,拙作《黄山写生记》中有日记一则,抄录于后:

> 四月二十四日,上午到人民美术出版社访林锴兄,同观郑乃珖、许麟庐、王子武等画家作品;晤谈时许,并约晚上到林家作客。……

> 晚到林宅,居室窄小,破沙发一张,小圆桌一个,旧椅子两把、小圆桌用餐时当餐桌;小儿子做作业,便为书桌了。林兄作画,随地铺毯,权当画案,腾挪挥洒,正《画地吟》六首之自况也。抄录一首,以志一斑:

> 笔床画几谢铺陈,籍土敷笺耐擦皴。爬跪都忘风雅颂,腾跳暂返稚孩真。何愁汗血浇无地,端为丹青拜有人。斗粟撑肠差足慰,为谁辛苦折腰频。

于此,亦可见画家当年的清苦了。到1985年5月,我赴京参加中国书法家协会第二次全国会员代表大会,在会场又遇到了林锴先生。他邀请我到他家作客,奈何时间不济,未能造访,想必他家的条件有所改善的。此后20多年,与林锴兄再未见过面,偶有书信往来,还收到过先生的诗集——《苔纹集》和几件诗稿墨迹。话已扯远了,就此打住。

林锴先生此番到忻州,目的是看看芦芽山。我便陪林家父子往宁武。到县城,有县委宣传部张海生同志迎候着,以作向导,遂即同车往东寨,下榻汾源水利培训中心二楼。楼下白杨一株,直干参天,杨叶飒飒,若秋风吹拂,时值盛夏,暑气全无。北望雷鸣寺,碧瓦红墙,熠熠生辉;山下清泉灵沼,波光荡漾;四围山色,尽收座中。林锴先生倚枕半卧,未几,遂入清梦,想是有点疲累了。

初访冰洞。一路奇峰怪石,攒青迭翠,万壑之中,林木云影,明灭交辉,山泉喷珠溅玉。清溪低唱浅吟,车行风景道上,林先生左顾右盼,应接不暇。经支锅石、涔山,而大石洞、麻地沟,至春景洼万年冰洞。车停高旷之地,但见丛林环绕,葱翠满眼,肌肤生凉。

仰观洞门,"万年冰洞"四字颜其上,乃罗哲文先生之手笔。方入洞,白烟自口冲起,寒气逼人。林先生和我退了出来,在入口处,每人租得一件外套,大红紧身夹克,穿将起来,煞是醒目,也暖和了许多。甫入洞,又感奇寒,小心翼翼,扶木栏杆沿磴道,斗折而下,路面多坚冰或积水,颇滑跌难行。张海生导其前,林彤殿其后,林锴兄在二位护持下,屏息前进。此通道甚逼仄,仅容一人过而已,遇低矮处,须曲腰弯背,方得通过。面颊偶触冰壁,砭肌入骨。遇冰道,林先生则手撑双栏,两腿腾挪,作悬撑状,七七老人,似甚轻捷,我随其后,见其法,乃效之,省力而稳当,唯双手着结冰之木栏,冷入心脾。至一稍宽之地,方得左右回环观赏,冰柱、冰峰、冰幔、冰花……无不晶莹透彻,肌理细腻,珠光射人。又转扶栏而上,入另一洞天,其地颇壮阔,冰瀑自天而降,若巨幔高悬,似白练千尺,落地无声。在冰崖高处,一灵芝俏然而出,非冰雕玉琢,乃天然生成,玲珑剔透,甚是可人,游人无不赞叹这造化之工。

在冰洞逗留时许,大家已适应那"清凉世界好安居"的处所,待走出洞门,原本凉爽的山谷,却感到格外的炎热了。林锴先生诗思敏捷,遂口占一律,真是"有句风前堕,铿然金石声",

诗云：

> 炙空火帝肆横行,此洞潜藏万年冰。
>
> 寒触玉螭肌凛慄,光悬冻瀑骨晶莹。
>
> 岂容尘累煎肠热,已判心源似水清。
>
> 安得重门长不锁,炎凉世界两持平。

先生吟罢,接着又说:"诗,自不可死执。说到冰洞,这可是几十万年的冰川遗迹,当认真研究保护措施。若此长期对外开放,必将此景观破坏殆尽,后悔莫及的。"

出冰洞,循原路返到小石门,观悬棺栈道,有人问:何以将棺材高悬山崖?林曰:"'升官发财',人所共仰。官家尤胜,不信,开棺验之,此正清朝某科七品,宁武县太爷是也! "一语既出,令众人大笑不止。至小悬空寺下,对景写生,复登临游赏,待山色向晚,归宿汾源。

翌日访芦芽山,取道马仑草原。车在深山夹谷中行约时许,已升至草原颈项,距原头不足二三里。车停山道尽头,但见林木荫天蔽日,林下有马队十数匹,滑竿、轿子六七乘,我们甫出车门,他们便围拢上来,"请坐轿! ""请骑马! ""路远着哩,老先生走不上去! ""便宜得很! "……招揽之声,不绝于耳,宁静的森林山谷,顿时热闹起来。林先生,一个南方人,久居北京,见此陡坡曲径,焉敢坐轿骑马,便在两位年轻人的扶持下,慢慢攀登,走累了,停下来喘口气。其实路程并不算远,没用了多少时间,我们便登上了马仑草原。

喏,偌大的天地,绿草无垠,直接天边云际,近处有十几棵老松树,攒三聚五,各逞姿态,原上散见牛马,或卧或立,或哺乳或舐犊,或游弋或奔驰,或仰天长啸,或悠闲吃草,或成群结队,或独来独往,一派辽阔壮丽之草原景象。岂知这却是海拔二千多米的高山草甸。甸中有几条行人或牛马踩出的小道,一路小上坡,直抵甸北尽头。我们上得原头,那些马队们也尾随而来,还在不停地让我们骑马,看到草原辽阔,且路程尚远,我便跨上一马,旨在诱导林先生,希望他这位南人品尝一下"骑着马儿过草原"的滋味。

"林先生,请上马!这草原平远,不会有危险!"林先生还在迟疑着,牵马人已赶了上去,不由分说,将林老拥上马背。初上马,老人自然不适应,手扶马鞍,身肢僵硬,看上去,有点塞万提斯笔下堂吉诃德的样子,我不禁一笑。然而走过一段路程,加之不时地谈笑,老人松弛了,信马由缰,在草甸中晃荡着,我则想起了"细雨骑驴入剑门"的诗句,今天,这高原上却来了一位骑马的林"放翁"。

"乱花渐欲迷人眼,浅草才能没马蹄"这诗句,方之于草甸上行旅,再贴切也不过了。马走着,我们不敢加策扬鞭,仰观浮云闲渡,俯察碧草如染,野芳发而香烈,山风吹而微凉,恬然适意,不觉已到原之尽头。其地有蒙古包三五顶,设点销卖,有小吃、冷饮,随时播放着流行音乐,在茫荡的黄草梁上充溢着时代的节拍。

至马仑草原北端,峭壁陡然而下,沿山小径曲折盘绕,可通峡底,夹壑而望,芦芽山破目而来,所见正山之南向也。峰峦雄秀,直逼天庭,太子殿屹立峰顶,若空中楼观,群峰在阳光侧照中,有阴阳昏晓之感,山麓松杉茂密,层层迭架,正李可染笔下之山水,黑团团里墨团团,浑穆阔大,磅礴淋漓。近处则怪石嶙峋,直起人面;虬松蟠曲,探海撑空。对此胜景,林先生未及多言,急速地画起写生来。其时山风呼啸,寒气袭人,遂转背风处,就石而坐,手不停挥,将眼中所见,收入绢素,正是"山川摺叠收图笥,日月斑斓纪岁华"之谓也。

时近中午,问林先生是否要登芦芽山?答道:"苏子曰'不识庐山真面目,只缘身在此山中。'我们今天正在芦芽山外,已识芦芽面目,何必再费工夫。再说我这瘦弱之躯,恐怕也难造芦芽之极。"

将离马仑草原,我问林老:

"芦芽之游,可有诗?"

林先生道:"有四句,未定草也。"

其句云:

> 不是层霄饶雨露,何能顽石竟生芽。
>
> 来朝应放花千朵,待看烘云五色霞。

由宁武返忻,谒元好问墓。徘徊茔丘,徜徉祭堂,摩挲碑石,观赏翁仲,歇脚于野史亭上,漫步于韩岩村头,留连半日,兴尽而归。

先生将返京,重展当年为我所作画卷,读画上题记:"一九七七年凉秋,自大寨归太原,邂逅巨锁兄,索画山水横轴,草草应命,即乞教正。林锴。"对此,老人感慨系之。遂在画侧跋一语云:"辛巳孟夏,暑氛甚炽,巨锁兄邀游芦芽山,奇峰异洞,惬人心脾,继复出示余旧作山水横卷一帧,盖已历二十四寒暑矣。对之犹如梦寐,叹人事无常,沧桑易改,漫缀数语,以志鸿雪之缘。林锴于忻州旅次。"

先生归京,复致我函,有句云:

"能与二十多年前的老朋友畅谈三日,人生之一等快事也。"此语得是。不知何时复能晤对这位"三山俊艾,六法名家"的林锴先生。

2001年10月5日

山阴沈定庵

　　说起来已是 30 年前的事了。早在 1975 年 10 月,我初次到杭州,公干之余,便纵情于西湖的风景,竟日徜徉于湖畔的名胜古迹中。约略是岳庙的一副抱柱联,让我留连忘返。瞧那书法,端庄的结体,开张的气势,沉稳浑厚的笔姿,一派伊秉绶的气象。仔细品读,楮墨间又流露出几许邓石如和赵之谦的意趣,煞是引人注目。下联有"山阴沈定庵书"六字小款。这"沈定庵"是谁?我却前所未闻。在西泠印社"观乐楼"的笔会上,我有幸见到了浙中名宿沙孟海、诸乐三诸前辈,请教之余,也了解了一些沈定庵先生的情况。

　　这是一位生活和工作在绍兴的书家,幼年在其先德华山公的影响下,研习书画,对伊秉绶书体情有独钟,得《默庵集锦》,朝夕摹写,几忘寒暑。后师事徐生翁,成为徐氏的入室弟子。在老师的指导下,遍临《张迁》、《衡方》、《华山》、《西狭颂》、《石门颂》诸刻石,探本求源,陶铸百家,取精用宏,为我所用。对乃师,师其心而不师其迹。久之,遂成自家面目,为越中一大书家。

　　自杭返晋后,我便在书法杂志等刊物中留心沈先生的作品。每有所见,总会用去一些时间去赏读,那含蓄、蕴藉、耐人寻味的特点,便是先生书法的魅力所在吧。到 1985 年 5 月,我赴京参加中国书法家协会第二次会员代表大会,会上初见沈先生,得以识荆,奈何相见匆匆,未能畅谈请益,引以为憾事。

　　到 2000 年 9 月,因应邀赴沈阳参加中国书法艺术节活动,在下榻的宾馆,再次邂逅定庵先生。某日晚,先生到我的客房小坐,并以大著《沈定庵书法作品选》《定庵随笔》等见赠,这令我十分的不安。沈先生长我十多岁,我还未来得及去拜访,先生倒先来了。但见沈先生浓浓的眉毛,眉宇间十分的宽绰;高高的额头,放着光彩;一脸的微笑,双眼常常眯成一条缝儿,给人以亲切慈祥而又恭谦平易的感觉。说话的声音,则响亮得似洪钟,充溢着热情和力量。次日晚,我回访了沈先生。当时沈先生正在为本楼层的服务员书写条幅,写完一幅,又写了一幅。当两个女孩子欢快地持字而去时,沈先生对我说:"她们也不容易。每日为大家打扫卫生、整理房间,辛勤劳作,很是勤快,也很辛苦。我写幅字,算是对她们的感谢吧!"说着,脸上又漾出了笑容。先生的作为,委实让人敬佩。当今时代,书法已进入了市场,沈先生能为宾馆的工作人员无偿地作书,这种精神是何等的可贵,即此一端,亦可窥见先生人品的高尚了。

　　在沈阳的互访中,我和沈老才真正地熟稔起来。书法艺术节期间,我们参加笔会,相偕游览。散会后,先生飞往浙东,我回到晋北,两地虽山川阻隔,见面甚少,而书信往来,电话问候,则从未间断。特别是每逢年节,沈先生总以自制的贺卡相赠。我把那精致的贺卡置诸书架上,看到它,就如同面对笑容可掬的沈先生。

　　沈先生曾先后两次让我为他的书斋"梅湖草堂"和"仰苏斋"题额。我深知自己书法水平的稚拙,但长者之命,不敢有违。这也许是沈先生对年轻朋友的一种鼓励和提携吧。先生亦曾以他的书法大作赠我。某年中秋节前,忽然收到先生条幅,上书东坡词句:"但愿人长久,千里共婵娟。"遂悬诸隐堂,对之出神,一时间,先生挥毫作书的情景便幻化在我的眼前。

先生好酒,每置花雕一壶,茴香豆十数粒,霉干菜拌干丝一小盘,独自把盏,适然而饮,酒至半酣,偶然欲书,遂命笔染翰。其时也,不知有我,何曾有笔,心手两忘,下笔任情。漫书三五纸,或篆或隶,或楷或草,皆见酣畅淋漓,大朴不雕,得入"有法而无法"之圣域。

沈先生的书法,还有另一种面目,那就是作字十分认真,用笔矜慎,一丝不苟。我案头有一册先生签赠的《药师如来本愿功德经》印本,是先生应杭州灵隐寺之请,用一年的时间,恭书而成,而后刻石,镶嵌寺中。后广东六榕寺住持云峰法师,得见石刻拓本,遂又复印,广赠善众。此作笔调从容,法度严谨,字里行间,又流露出一种清静安详的气息来,给人以法喜,给人以禅悦,这大概是先生沾溉了佛法的缘故吧。沈先生是一位虔诚的老居士,他亲近大德高僧,诸如丰子恺、广洽法师、云峰法师等都有交往。偶栖天台国清寺、杭州灵隐寺、广州六榕寺、湛江清凉寺。所到之处,皆留笔墨,或为楹联,或为匾额,或为碑碣,更有摩崖刻石。我好旅游,凡佳山水间,时见沈先生的笔迹。去年行山阴道上,更是随处可以欣赏到先生的题刻,它竟成了绍兴的一道新景致,真让我大饱眼福。

日前,又在电话中听到沈先生的声音,八十岁的老人了,声音仍是那么的洪亮,底气十足。先生告诉我,他将在近期到中国美术馆举办个人书法展览。我为之高兴,遂草此短文,以为祝贺。此展览当会给北京的盛夏带去一缕稽山镜水的清凉。

2006年7月20日

刚田煮饭

一九八六年十月,因出席中国书法家协会第二届二次理事会,我适烟台,住东山芝罘宾馆。每值花朝月夕,见一青年追随谢瑞阶先生左右,徜徉海滨沙际,小坐礁石滩头,听潮音,观日出,其情融融,海天共话。谢老是我旧识,数年前,车过中州,曾往造访,敬问章草之道,颇受教益。而今邂逅邹鲁之滨,遂趋前问候,相见甚欢。经介绍,知与老人相偕者,乃郑州李刚田先生也。我事书画,自然少不了用印,不记某年日月,便喜欢上刚田先生平正自然的篆刻艺术。既识荆,遂请先生为我治印,先生颔之。

某日晚,再访谢老,方见与刚田居同室,适值老人卧床小睡,李先生则聚精会神,持刀走石,刀行石上,其声驳驳然。观其行刀,却又不主墨痕,临见妙裁,随机而发,神遇迹化,一派天机。未几,一方白文印"巨锁急就",已然完成,我接印品读,但见方寸之间,真力弥满,万象生焉,遂三致谢忱。李先生却说:"客中奏刀,未及从容思考,献拙了。"

一九九一年八月,因"镍都杯"国际书画大赛评审事宜,应赵正兄之邀请,我与刚田先生同客甘肃。评审结束后,承主人盛情招待,结伴访莫高窟,观千佛洞,游鸣沙山,赏月牙泉,西出阳关,临流渥洼。于山中骑骆驼行旅,而刚田兄所乘之驼,无鞍鞯、辔头、缰绳之属。偶值大雨袭来,骆驼奔走不羁,于此时刻,刚田兄在驼背上,虽不能说惊恐万状,却也手脚无措,不能自己,连喊牵驼人放慢脚步,便顺着驼背猝溜下来,在沙渍深窝中踽踽而行,同行诸君为之大乐,遂皆弃骑同行,一路戏谑不已。此乃鸣沙山中之所见,偶然揭之,刚田兄当不怪我,能博一笑,吾愿足矣。

在甘肃,与刚田兄同行十数日,见其穿一件深兰色夹克,拎一大提包,不事华饰,依然当年司工本色,每上车,坐司机侧座,甚少言语,而专心车外"大漠孤烟直"的戈壁气象;而或又在构思他的印作,曾见其一方印章有边款云:"乘车途中,见道旁郊原,风物变换,神志怡然。"或此行之记述者。在敦煌,我与刚田兄同室而居,得以畅谈,兄以《李刚田篆刻选集》见赠,展卷赏观,得窥全豹,洋洋大观中亦可想见刚田兄治印之时"磨石书堂水成灾"(齐白石语)的苦辛。时江西张鑫先生,每晚必来长坐,戏有"闲云野鹤"的张兄,谈兴甚高,从不知倦,高谈阔论中,午夜早过,已是黎明前三四点钟的光景,见我等实在没有精力应对时,方离座而去,刚田兄亦恐早作梦蝶庄生了。

数年前,李兄应山西书协之邀,莅晋讲学,学员济济一堂。刚田或有咽炎,操着沙哑的河南口音,为大家点评作品,释疑解难,小叩则发大鸣,令学员既解渴又感动。

自与刚田兄订交以来,除往京参会,见面的机会却很少,然鱼素不断,常在念中,每有新作出版,必相赠交流。我于印艺,实属门外汉,然先生大作,无不一一品读,不独爱其印,印面多变,入古出新,或清雅净洁,或古朴苍浑,对其边款文字,也甚留心。此中亦可窥见刚田为人为艺为道之一斑:兹录数则,可证吾言之不虚。

"我的童年,在开封度过,最难忘大相国寺的各种地摊,我在大人腿间钻来钻去,采撷着供数十年做梦用的素材。"

"儿时家贫,为人作童工,餐风宿露,不胜辛苦。今刚田鬓染秋霜,往事犹时时入梦"。

"友人赠石甚佳,戏作司工将军章,以追忆十年工长生涯"。"廿年前,旧司工"。此皆夫子自道,正可见刚田兄青少年时之行状,既平实写真,亦亲切感人。

又:"老妻瞎凑热闹,亦学书法,命我作名印,刚田唯命。"于此足见其兄嫂夫唱妇随,夫妻情笃,能不令人生敬也。

又:"此印初刻,田字为方形,山东印人苏白先生,教我改为圆形,故改制之,果然较前生动许多。此事已忽忽六载,先生已仙逝而去,音容笑貌常在念中,睹印思人,补刻款以为纪念。"一字之师,不曾忘情,此乃德行使然,自然感人至深。

又:"周星莲录徐天庵句,学诗如僧家托钵,积千家米,煮成一锅饭,学书亦然。"我对此句,尤为服膺,曾有《刚田煮饭,黄惇拾瓷》之构思,因我懒散,终未成文。刚田治印,能继承传统,熔铸百家,取精用宏,自成家数,正"僧家托钵"者也,我极佩服!我极佩服!

刚田兄治印,除名章外,印文多取《老子》章句,想必心领神会,豁然胸次,能得"道法自然"之真谛,其技亦或进乎道矣。

2003年5月10日

文景明识小录

　　杏花开时,好雨初至,春寒未尽,便欲饮酒。每把盏小酌,自会想起杏花村的书友文景明先生。

　　提起文景明,已然是一位大家熟知的书法名家了。只要赏读那两本厚厚的大八开本的《文景明书法集》,你就知道他的书法造诣之深了。其书法艺术之特色,早有卫俊秀、张颔、林鹏、柯文辉诸先生的评述,可谓"贤者识其大者"。我不敏,对其书艺没有新的见解,便也无需在此饶舌了。然而与景明兄相交,约略也有二十年的历史了,对他的为人处世,似乎还有一些微末的感受,而且大都是和书法事业有些关联,摘其三五,简略叙之,或许从中亦可窥见文先生的一鳞半爪(景明表字见龙),这自然是"不贤者识其小者"了。

　　和文先生的相识,是从《"杏花杯"首届全国书法大赛》开始的,那已是1987年的往事了。那时,全国性的书法赛事远没有今天如此的频冗和泛滥。当时的评委一请便到,也没有什么要求,仅为其提供旅差费而已。一时间,数十位书法名家云集太原。大赛中,景明兄为汾酒厂(出资单位)的全权代表,总理其事。特别是后勤事务,安排得妥妥帖帖,无一疏漏。说一小例,评审工作结束后,到杏花村汾酒厂参观、笔会。当年许多地方的笔会,多是安排书桌三五张,以书家资历深浅、职位高低、年龄大小,依次挥毫。就中有个别书家,书兴甚浓,占一席阵地,不知倦息,忘我写来;而有的书家,虽字写得不错,却资历不高,便没有用武之地(桌子),只能坐在一旁吃茶不辍(这真是书法作品进入市场后的今天,难以想象的事情)。景明兄临见妙裁,在汾酒厂偌大的会议室,摆出数十张桌子,给每位书家设一席,任其尽兴写来。年轻女工,端茶送水,添墨理纸,服务周到,殷勤可嘉,便中也求得不少书家墨宝。一个晚上,书家们为汾酒厂辛勤奉献,留下了无数的佳作,无尽的财富。于此一端,也足见景明兄的机敏和睿智了。景明兄,热情豪爽,每相聚,酒过三杯,畅谈不已。若进京或赴并参会,我俩多同住一室,夜来长谈不倦,评品书家书作,他语多惊人,理甚契合,总令我折服不已。景明在大学时,学中文,师事章太炎高足姚奠中先生,积学储宝,不负师教。工作以来,虽效力企业,然无一日一时忘却文化,于酒厂,刻碑建廊,广集当代书画名家精品于环堵;再建酒史博物馆,搜罗古今酒器文物陈列于一室。如此工程,殚精竭虑,奔走劳神,其间又凝聚着景明兄多少心血,非躬亲者,焉知其中甘苦。此等事业,非有积学者,又岂能成就。

于书法、学问,景明兄好学而无常师,或可谓转益多师者也。于古,广学百家,博采众长;于今,先后问道林鹏、张颔、卫俊秀诸先生。于卫俊秀处,请益尤勤。景明居汾阳,卫老居西安。每当工余或假日,景明便驱车西进,往谒卫老,聆听教诲,得观挥毫。即不能见面,每有不解处,便致函先生。释疑解难,卫老不辞。在景明处,曾见卫老函三十余件,看似村言俚语(通俗浅易如拉家常),却是度人金针。景明幸甚,羡煞我辈。于此,既感景明兄勤学好问之精神,亦感卫先生诲人不倦之品格。

景明亲近卫老,师其心,亦师其迹,见其所作,紧劲联绵,得似乃师风格,正卫老薪传有人。而见景明近作,或有所变。问其故,答曰:"仍师其心,已忘其迹。"善哉斯言!惟其"师其心,忘其迹"，故能不为法缚，下笔自然畅达，神采气息溢于楮墨间，师心永在，心源活水。

景明的热心，也是人所乐道的。文友书朋，或有取得成绩者，他都祝贺，或通电话，或致书函；或有人出书、举办展览，见其手头拮据，他便汇款相助。还是举例，林鹏先生的长篇历史小说《咸阳宫》脱稿后，送某出版社，沉睡八年，未能付梓。景明得悉后，即与北京出版社一位编辑朋友联系，并约请柯文辉先生为特邀责编，林先生的大作从而得以顺利出版。《咸阳宫》虽为小说，却富史料价值，备受史家关注，一经发行，享誉天下，一版再版。玉成此事，景明兄自然也乐在其中。

尝读景明函札，他说："古人云：人贵有自知之明。'说贵有，其实是难有自知之明。我也不能例外。"然就我所知，景明兄是一个有自知之明的朋友，他始终抱一颗平常心，踏实做事，真诚待人；至于学书，虽为余事，功在不舍，沉潜半生，终有所成。月前，景明兄车过忻州，把晤隐堂，坐未暖席，急匆匆打开一个大包袱，让我眼前一亮，竟是他年来的书法新作，足有数十幅，且不乏鸿篇巨制。一本《金刚经》小楷册页，法乳钟太傅，字字端庄高古，无一笔不着力，无一丝见苟且，实在是耐人品读，而所书韦应物诗隶书四条屏，既见汉碑朴茂神韵，又能新变开张，多有创意，在有法无法之间，也令我静观良久。赏此精品力作，不禁惊诧他的勤奋和精力，一位年届七十的老人，竟能有如此的作为，这该是"老骥伏枥，志在千里"之谓吧。我说："你这是传经送宝，给我一个学习的机会。"他说是来"讨教"的，这自然是他的客气话。然而我深知景明兄，他确实是一位不耻下问、谦虚敬学的君子。前面说过，我们相见，每每联床共室，他必出示新作，逼着让你评头论足，至友之间，从无忌讳，我自口无遮拦，时放凉腔冷调，他却不以为忤，欣欣然受之若饴。既而夜阑更深，皆有困意,遂熄灯而睡,文兄头方就枕,鼾声即起。

　　景明兄常自况说:"能力不大,福气大;本领不大,运气好!"

　　我问:"何以故?"

　　答曰:"不知。"

　　对曰:"众善奉行,诸恶莫作之果报。"

　　二人相视大笑。

　　以上数端,拉杂写来,似无体例,它却是我与景明兄交往的片断写真。何日再往汾州,访景明兄于杏花深处,讨几杯酒吃,相与戏谑,乐何如之。

2007年5月28日于隐堂

方胜的艺术

　　方胜,出生于成都,成长、工作于西安,而祖籍却是五台县,故与我相知相交约略也有三十多年的历史了。

　　方先生是书画家、篆刻家,博学多闻,且善辞令,讲学东瀛,颇受欢迎。曾赴台湾,举办展览,亦获好评。学有所成,声誉鹊起,而乡梓之情,历久弥深。1985 年,我陪方胜返里寻根,过五台东冶镇,到故家望景岗,甫入方家小院,我发现久居外地初踏家门的方先生,竟然满眼泪花,且有点语塞了,只是伸出了颇显颤抖的双手紧握了迎上来的族人。那情景,也令我十分的感动。故土的情结实在是个谜。到 1989 年,方胜携作品在忻州举办了个人书画展,他说"这是对乡梓的汇报"。此展,受到了家乡人民的热情接待和欢迎。此后,方胜多次回乡,每相见,谈书论艺,其乐融融。

　　初知先生善篆刻,曾为我治姓名印、斋堂印与闲章五六枚,亲自包裹、付邮,由西安寄忻,也令我感激无尽。观其治印,宗法秦汉,旁及近现代诸大家,能得秦玺清俊灵动之气息,更具汉印浑厚朴茂之趣味,工稳劲健,耐人品读。据悉,先生钻研篆刻四十余年,治印逾万方,不管是书画爱好者,还是书画大家,乃至国家领导人,凡有所请,皆为之奏刀,创作之勤奋,于此也见其一斑了。"天道酬勤",人所共知,然真正能朝斯夕斯,浸淫其间,不知倦怠者,又能有几人!方胜在艺事上,能有今日之成就,秘诀之一,首先当是这"勤奋"二字了。

西安,乃文化古都,人文荟萃,学风淳厚,勤奋好学的方胜游艺其间,转益多师,博涉书画,先后师事张寒杉、叶访樵,师长开悟有方,学子勇猛精进。及至1985年,44岁的方胜,又游学京华,谒见当代书画名公赵朴初、董寿平、何海霞、启功、张仃、叶浅予、白雪石诸大家,或投师问道,或请益聆教,学业为之大进。

于绘画,大凡人物、山水、花鸟,无不涉猎,所作尤以花鸟为鲜活,以书法入画法,笔情墨趣,跃然纸上,所见《十分春色江南》《雪后霜余》等作品,笔墨简古,大可人也。而所作之山水,似从写生中来,先生久居长安,秦地山水,尽收绢素。却看终南秀色,华岳雄姿,黄河激浪,太白烟云等大作,皆能曲尽其妙,引人入胜。近年来又行脚华夏,饱游饫看,然后形诸笔墨,或天山南北,或大河上下,此等作品,可卧游,可晤对,亦颇亲切。而早年所作人物画,皆本于生活,重彩工笔,传神写照,刻画入微,得见功力之扎实。随着年龄之增长,方胜的画路,由博而约,用志不分,更上层楼。

于书法,对篆书用力尤勤,甲骨文、金文、石鼓文、小篆等,一一临摹,揣摩品味,融冶众长,为我所用,其作品亦呈浑朴劲健之风格,似与篆刻相表里。印从书入,书从印出,印存书卷气,书呈金石味,互为借鉴,互为补益,书印相长,不无启迪。

不论书画,还是篆刻,方胜遵循着一条稳健扎实、继承传统的道路。他不会讨巧,也不屑追风,只是脚踏实地,一步一个脚印地向前迈进,向上攀登,犹如登太华,过玉泉院,经五里关,上青柯坪,入千尺幢、百尺峡,抵北峰,稍一喘息,而后沿苍龙岭而来,至岭头,仙掌、落雁、莲花诸峰皆入望中了。矢志不移,忘却险阻,勇于挺进,奇伟诡怪非常之观,当尽现于眼底呢。

2006年5月1日

陶福尔画集序

　　新绛县,民前称绛州,其地控带山河,冀辅汾晋,历史悠久,人文荟萃,于吾晋素有"南绛北代"之令名。研究中国园林史者,无不为隋之"绛守居园池"而乐道;学书法艺术者,皆知唐李阳冰在《碧落碑》前,"徘徊数日不去"的故事;而宋之《绛帖》,更是古代法书荟萃,为学书者所珍爱;今之"绛州鼓乐",则可谓"响"誉天下;即饮食一道,如"绛州酥馍",亦耐人咀嚼,颇多味道,我曾佐以油煎辣子,服之无数。

　　学兄陶福尔,乃新绛人氏。四十七年前,他自南而北,我由北而南,初晤于太原南华门。而后,同入山西艺术学院美术系、山西大学艺术系,攻读中国画专业。同窗五年学友,今已华发早生,年近古稀了。追今思昔,能不慨然。在校时,福尔给我的印象是十分文静,少言寡语,一心扑在绘事上,所以他的成绩总是优秀。当时他创作了一幅工笔重彩人物画(恕我记性不好,已忘却了作品的题目),能在画报上发表,令我们同班的同学钦慕不止。须知,在五六十年前,书画刊物少之又少,要发表作品,非真实力者,是难以做到的。那大作,坚实的工笔绘画基础,严整的画面构图和生动的人物形象,想是受了他家乡的"稷益庙壁画"的传承。

　　大学毕业后,同学们分奔东西。福尔居临汾,我居忻州,各自忙自己的工作,见面的机会自然很少,然而不乏讯息,同学间,相互传递着大家的生活和工作状况。我知道福尔学兄一直执教于临汾师范,为美术教师,教书育人,不遗余力,以致自身绘事延搁,忘却创作。所幸桃李灿烂,学子成材,舍小我为大家,正其心所慰者,福尔,真无愧于特级教师的称号。

转眼就到了退休的年龄,福尔学兄,走下讲台,闲居在家,而不知老之将至,忽画心萌发,遂拾掇画具,外出写生,太行深处,五老峰脚,管涔山中,内蒙草原,大河上下,无不留其足迹,所到之处,感悟自然,广采博记。归来,铺纸染翰,笔不停挥,一幅幅精美的山水画,跃然生辉。太行群峰,雄浑健美;五老烟云,幻化诡奇;而所写管涔山情人谷,更是绵密细腻,山峦挺秀,流水潺湲,老木垂阴,幽谷禽鸣,境界深远,生机无限。此等佳构,正可卧游,沿山涧曲径,步迭岩之上,心逸神飞,犹悠游真山水间。

福尔的山水画,高山大壑间,处处流泉飞瀑,灵妙生动,或谓智者乐水,故不厌其烦,屡屡描绘,令赏读者生发出"山水清音"的通感来,怡怡然,乐何如之。

复观笔墨,层层点染,能得华滋茂密之意趣。究其因原,其一,取法乎自然,胸罗丘壑,造化在手;其二,借鉴传统,为我所用;此外,当缘于书法之补益。据云,《碧落碑》在新绛中学院内,福尔在中学时期,课余假日时当摩挲古碑,"茂美"、"奇古"之字,潜移默化之作用,是不言而喻的。而"绛守居园池"的精密构思和布局,当对福尔的山水画的经营位置也该是有所启示的。

福尔学兄在山水画创作之余,亦时作花鸟画,或牡丹,或荷花,或紫藤。画牡丹,富贵之极,归于平淡,勾花点叶,意在高雅;画荷花,亦以"清水出芙蓉,天然去雕饰"为指归;而紫藤,则老干盘曲,细条飘逸,青霞紫雪,幽香弥漫,其笔墨则洒脱不羁,以抒胸臆为一快。看到福尔的花鸟画,联想到一件往事:也是大学期间,某年旧历中秋节,时值国庆假期,我们中国画专业未回家或未外出的五个同学,有王朝瑞、亢佐田、赵光武、陶福尔和我,晚上喝了点小酒,看了看月亮,乘兴吟了几首小诗,合作了一幅花鸟画,我画菊石,光武画绣球,佐田画老来红,福尔补八哥,朝瑞在画上以隶书题写了领袖名句"胜似春光"。不想此次小聚竟招致了一次批判,说我们几个人有严重的封建文人情调,思想极不健康。时为共青团员的王朝瑞、陶福尔还在团内做了检查。在今天看来,那是十分荒唐的批判,然而它却有着明显的时代烙印,特此拈出,以为笑谈。有点跑题了,赶紧打住。

品读福尔的山水画,如读《绛帖》,幅幅真力弥满;欣赏福尔的花鸟画,如嚼"绛州酥馍",篇篇韵味无穷。可喜吾学兄老当益壮,佳作迭出,真可谓"老骥伏枥,志在千里";其画声,将如"绛州鼓乐",享誉天下。

郭新民书画题记

　　神池郭新民,吾之友也。从政,有政声。曾为宁武县、原平市父母官。宁武,地处晋西北,小且穷,然县内峰峦挺秀,林木丰茂,天池星聚,寺庙棋置。新民视此旅游资源优势,遂发心开发,四处游说,以求共识,撰文拍照,广为宣传,开发马仑草原、万年冰洞,修复栈道,加固悬棺,重建汾源阁、海瀛寺……数年间,这"养在深闺人未识"的管涔山,名声大振,游人如织,成为三晋大地上一处旅游热线。仅此一端,亦见新民的胆识。原平,乃吾故家,每归里,友好必言郭书记为地域经济的发展和文教事业的建设,总是殚精竭虑、用心良苦。

　　新民从政之暇,耽爱诗文,勤于著述,佳作迭出,诗集出版七八种。赏读 1999 年作家出版社出版的《郭新民抒情诗选》,情思深沉,风骨刚劲,关爱社稷民生,当独树一帜。其诗作得谢冕、邹荻帆等诸多名家的好评。

　　至于书画,更是新民的余事,节假之日,茶余饭后,每当情之所至,便染翰挥毫,或花果鸟虫竹石一帧,或行草篆隶数纸,涉笔成趣,寓意深远。笔力所致,大见功底,正可谓才思斐然、德艺双馨,其所涉所获,令书坛画界瞩目盛赞。曾见所绘墨竹条幅,疏枝临风,劲节干云,密叶相交驳,飒飒有声。面对此作,竟忆起曾为潍县令郑板桥的题画诗:"衙斋卧听萧萧竹,疑是民间疾苦声。些小吾曹州县吏,一枝一叶总关情。"为官一方,心系民众,解民之疾苦,惠民以恩泽,"那就和郑县令的习性更靠近了"(谢冕评郭新民句)。于其书法,以章草而发轫,从小临摹,童子功深,故其所作,翰不虚动,下必有由。宁武诸名胜处,匾联多为其手笔,观之,法度谨严,生意盎然。几年前,新民调升上党老区长治市,见面日少。日前返忻,以近作见示,其书法又一变也,由章草而今草,由苏米而羲献,源于传统,又多创获,熔冶诸家,自成面目,既古韵逸出,又清新活脱,潇洒灵秀,一派书卷气息,正诗人气质之流露。

　　新民为诗人,而从于政,正植根群众之中,有源头活水,永不枯竭,心系于民,情动于心,引申为诗,以兴、以观、以群、以怨;或发之于书画,其寄意亦多在象外者,可发人深省,耐人寻味。

2004年10月2日

杨晓龙绘画说

曩游忻州金洞寺,诸殿设施尚感完好,惟三教殿,空空如也,雕塑、壁画全无。询之导游,言此殿在十年浩劫中生产队曾作马厩牛栏,故成如此景况。然仔细观察墙壁,似留有人物鞍马,以木炭和铅笔为之。其画虽感稚拙,却有几分童趣和天真。再询导游,言此庙曾住有一户人家,孩子自幼在寺中朝夕观赏彩塑壁画,日渐喜爱,遂心记手临,然因家贫,无以纸笔供应,便在牛栏马厩的墙壁上留下了这些图画,他便是从这里走出去的画家杨晓龙。由于他与这寺庙不解的缘分和情结,难怪他笔下的《金洞寺》能得之于心应之于手也。将这山峦的起伏,丛林的高下、殿宇的错落、花木的疏密、山道的曲折,无不描绘得生动自然、意境幽深,读之让人赏心悦目,欢喜无量。

晓龙在幼年,从传统的彩塑和壁画中,生发了绘画的兴趣,并汲取其营养。当他走出寺门,走出小学、中学,他对绘画的爱好愈加强烈,当时忻州举办的各种书画培训班,从不缺席,从火神庙到金山湖,随处都可以见到他的身影,不管是临摹课还是写生课,他都刻苦钻研,不知懈怠。故而学业大进,在学员中出类拔萃,成为佼佼者之一。其时也,虽小小年纪却已有作品参展问世。

学然后知不足,晓龙在绘画上,愈取得成就,愈感自己在技法上,理论上的差距,遂生深造的意念。先入省内院校专修美术,尔后负笈京华,访师拜友。几年中,系统研习,亲近传统,临摹名作,观摩展览,眼界为开,饱游饫看,胸罗丘壑。在此基础上,发于笔墨,故所作大有可观。

如前所述,对家乡的情结,促使他一次次把金洞寺展现于绢素之上,诸如《雪源古刹》、《禅心正浓》等,摄取不同季节之景象,各成境界,尽得妙趣,前者雪后初霁,古寺凝寒,一派清幽明洁之状况;而后者秋山如醉,层林漠漠,山寺如睡,寺中僧人或正在打坐入定,颇觉耐人寻味。扩而大之,他对家乡的山山水水,无不充溢着深情,《童年的路》,山道弯弯,充满童趣;《故乡的小河》,山幽水静,一片和平宁静的气息;而《山里人家》、《月是故乡明》、《家山暮韵》、《山静水有声》、《秋思》等数幅宏篇巨制,或苍茫,或冷峻,或秋山如洗,或暮霭如罩,似乎也流露出些许荒凉和贫瘠,然而它有明月,有炊烟,有新绿,有牧歌、有拓荒者,又散发着生机和希望。"我爱家乡","我深信家乡的面貌是会改变的",赤子之心,犹可见也。

值此抗日战争胜利六十周年纪念之际,日前笔者又看到晓龙的大作《抗战丰碑——忻口战役遗址》,这又是一幅六尺宣整幅巨制,但见高壑大丘,顶天立地,如铜墙铁壁;细审画面,如金刚杵,万毫齐力,丝丝入扣。而山脚之石碹军火库,历历在目。面对此画,想见当年国共合作,奋力拼搏,痛歼侵华日军的激战场面,一时耳热呜呜,不可止歇。于此亦见晓龙此画的灵魂所在了。

晓龙不独钟情山水,亦工花鸟,偶见所作荷花系列,既承传统,又多新意,将山水之皴擦,施于荷花之叶干,尤得古朴厚重情趣,或老叶纷披,或新花灼灼,清风起处,袅娜多姿,香清益远,引人入胜。

2005年10月16日

刘宽书法集序

因书法,与刘宽先生相识并结缘。

早在十数年前,刘先生居忻州,任地区保险公司总经理。在公司,举办书法讲座和比赛,我承邀参与其事。讲座从始至终,刘先生坐台下,俨然学子听课,聚精会神,稍无懈怠;书法比赛,也带头送上作品。一时间,保险公司业余书法活动十分活跃,且涌现出几位崭露头角的书法家来。在刘先生的办公室,悬挂着他自书的几件条幅,一派毛体面目。他说,他不独喜欢毛主席的诗词,更爱毛主席书法的风格。所以常年研读,朝夕临摹,揣摩日久,遂成眼前模样。

刘先生笃爱书法,好学而不耻下问,转益多师,时相过从,在学习毛主席书体的基础上,又能溯本求源,博涉各家,所作遂与时变化,亦与时俱进矣。

几年后,刘先生调中国人民保险公司山西省分公司工作,先后出任副总经理、总经理,想必担子定是更重,工作定是更忙,作为余事的书法爱好,或许无暇一顾了。

前年某日,我适太原,刘先生闻讯招饮,席间出示书作,令我眼前一亮,多年不见,还能坚持书法实践,竟又学起章草来,且写得光彩照人,我不禁为之叫好。他却说:"这是几年间的部分习作,因其所爱,在双休日、节假日,稍有闲暇,别人下歌厅,打麻将,我则逛书店,选碑帖,然后濡墨挥毫,临池学书,这也积习难除啊！"

士别三日，当刮目相看，况刘先生在几年中，更是勤奋有加，利用业余时间，倾心章草，用志不分，心摹手追，直入堂奥。故所见之作品，或中堂，或对联，或琴条小幅，或条屏巨制，无不应规入矩，字有所出，翰不虚动。

笃实诚信，乃从事保险事业之根本，知其人，为其用，刘先生为省人保之总经理，正是知人善用者也。与刘先生交，也深知其为人质朴，诚信笃实，不事虚华，讷于言，敏于行，精于业（保险事业），笃于好（书法艺术）。常言有云"字如其人"，刘先生之作品，沉稳浑厚，且有几分拙朴，诚如其人也。字与人相表里，"人如其字"，信然不谬。且刘先生耽书艺，纯兴趣使然，既不求名，也不图利，便能散其怀抱，随性而书，遂得自然之妙。

一位从事企业工作的行政领导干部，尽心于保险业，成就突出，潜心于保险理论研究，造诣很深；工作之余，倾心浇灌书法艺术之花，竟能根深叶茂，花芬果硕，着实是令人感佩的。欣见大作结集出版，旨在请教诸同好方家，故乐为之序。

2003年8月19日

安开年的篆刻艺术

　　"谁家玉笛暗飞声,散入春风满洛城。此夜曲中闻折柳,何人不起故园情。"每闻笛声,便会勾起少年时读过的这首诗。也因此诗而联想到善吹笛子的乐师安开年。

　　三十多年前我来忻州,偶观地区文工团演出,即为那伴奏的乐队所吸引。其中偶有笛声逸出,清新嘹亮,余音不断。间有笛子登台独奏,或清新激越,或欢快悠扬,或低回委婉,或沉郁苍凉,高则声遏行云,低则流水洄洑,听百鸟唱和,春光为之怡荡,闻清泉喷薄,神魂犹驰山林。此演奏者,正安开年君。每曲终,则掌声雷动,益知开年有师旷之聪,非南郭先生者也。

　　上世纪八十年代初,开年携自治印蜕见示。观其大作,典雅平正,似得秦汉遗绪。余自惭孤陋寡闻,只知其善吹笛,不知其能治印。询其师承,知其少年时即随乡贤东冶镇田伯尊象贤先生学篆刻,以临汉印为日课,每有习作,呈师赐教。其师不独指点得失,还随时奏刀,为之示范,口传心授,金针传薪。开年从小颖悟,心领神会,技遂大进。且东冶为文风会聚之地,古往今来,文人辈出。远且不讲,即近代徐松龛继畲先生,一册《瀛寰志略》,令海内外人士为之宝爱。在此环境中,开年不独钻研乐曲,攻坚治印,且能涉略文史典籍,以富其胸襟,拓其眼界。谁曾料到,十年"文革"期间,百事凋零,斯文扫地,书法、篆刻艺术,视为"四旧",为之大破。于此之际,开年的治印之刀,遂亦尘封。浩

· 78 ·

劫过去，百废俱兴，在全国书法热潮中，开年旧兴复发，工作之余，重操印艺。奈何十年搁置，刀拙手生，力不从心。遂发愿心，下大气力，每治印，通宵达旦，不知止息，正是兴趣催我，三更灯火五更鸡。

一份辛苦，一份收获。开年治印，持之以恒。数年之内，与省内同道切磋，向全国名家请教，印艺令人关注，印作入选全国书法篆刻展览，然其所作，因主办单位工作人员之粗疏，张冠李戴，竟将安开年的作品，误植他人名下。开年对此，却不以为然，说："投稿参赛，是对自己治印的检验，能入选，便说明自己有所提高，吾愿已足。至于名不名，那倒无所谓。"开年视名利若此，可见一斑。

开年与我同居忻州，时有过从。每值外地学者莅忻，多有笔会，而诸前辈所来，多不带印章，诸如周振甫、曹白、张颔等先生，在忻即席挥毫，我则临时请开年为之治印，开年无不欣然奏刀，其所作，尽得名家好评。

开年治印，不仅独善其身，且甚热心篆刻艺术事业，在省内荣任天龙印社副社长之职，在忻州发起组织遗山印社，被印友公推为社长。时相聚会，切磋砥砺。扶掖新秀，不遗余力，大有乃师象贤田先生之风。

当今印坛，高手如林，流派纷呈，典雅纯正者有之，继往出新者有之；而花样翻新，以丑为美者也有之。前者能继承传统，入古出新，面目质朴自然，落落大方，韵味无穷；后者其印面文字藏头缩足，或扭捏作态，令长画短、正画斜，既雕既琢，又矫又妄，正断鹤续凫者所为。余不敏，于篆刻更是门外汉，不知此种印风精美之所在，遂质之于开年，对曰："萝卜白菜，各有所爱。世有萧艾，可见香草；世有小人，方知君子。人各有所好，不闻海畔尚有逐臭之夫。"

"君之印若何?"

"我不自知。心存秦汉,却不拘秦汉。自认可师者,则取之;不喜者,舍之;人或鄙而我爱者,亦研习之。大凡取习,化为我用,我之面目,自有我之须眉。我治印章,有印蜕在,任人评说,则乐在其中哩。"

隐堂言:开年吹笛,能不同凡响,引人入胜;开年治印,能取法众长,独出机杼,可喜可贺也。

2004年5月5日

钟情书法的郎义

　　郎义于书法,情有所好,入小学,即始临池,其性颖悟,又甚勤奋,二三年中,所作楷书沉稳雄健,每逢年节,为邻里所书对联,夜以继日,乡中父老多夸其"一笔好字",称之为"小先生"。在青年时,虽军旅倥偬,每得暇,总不忘握管挥毫,逢高师则虚心请教,遇名碑,则驻足摩挲。其间有幸居伊阙之下,军训之余,坐卧龙门石窟中,仰观俯察,凝目二十品,揣摩其间架,品味其风韵,往往心逸神飞,几忘晨昏。在洛阳数年间,对北碑之钟情尤甚焉。及入陕,居霸桥东,节假之日,则徜徉于西安碑林之中。时值"文革",碑拓无处可购,便手自拓得残纸散片十张携归研读,遂对颜柳楷则与怀素草法,时有领悟,临习不辍。

　　上世纪80年代初,郎义转业忻州,先供职于地区行署办公室,后任忻州市政府副秘书长,迎来送往,接待频冗,政务工作愈为繁忙,他却能应对裕如,有条不紊;工作之余,虽疲累有加,却仍能见缝插针,钻研书法。近年来,对爨宝子、嵩高灵庙碑,用力益多,借外出机会,访探原石,观摩其下,每不忍离去,又不得不离去,遂以高价购拓片以归。既归,将拓片精心装池,悬之粉壁,朝夕相对,领略其风神韵致,而后染翰临习,所用纸墨,已不计其数;若有会心处,则解衣磅礴,忘情挥洒,不知有我,何知有爨。

　　郎义勤于创作,既不离传统,也不囿于传统。余常见其送省、市参展作品和投稿全国书赛之稿件，无不呈现出一种恢宏朴拙的气势，或苍苍茫茫，如林海风涛，或静静穆穆，似老僧入定，而早年所作小楷，应规蹈矩，清雅娟秀，似得赵松雪之遗绪，曾见所书册页数种，皆极工整可爱。郎义现为山西省书法家协会理事、忻州市书法家协会副主席。余与之共事多年，深知其对忻州书法事业发展之贡献，不论在组织活动中，还是在评选工作上，以及在接待事务中，无不竭尽全力，认真负责，故而忻州的每次活动得以周到圆满，其中郎义同志的功绩是有口皆碑的。

2004年7月5日

孙存锦书法集小引

书友孙存锦,五台人氏,供职忻州市运输公司。二十余年,结缘书法。其间,楷宗颜柳、行模黄米,继而上溯二王草法,旁汲颠张醉素,博采王孟津、何道州意趣。近来倾心北魏墓志,赏读临写,几忘晨昏。于此,亦可见存锦学书其情之笃,用功之勤。学古,登堂入室,得窥豹变,尽赏文采;作字,而又能熔碑铸帖,自出手眼,成己面目。藉古人之书法精华,养我之肌肤,长我之筋骨,溢我之神韵,此可谓善学者也。

存锦作画重性灵。在情感驱动,兴趣使然下,每挥毫,不拘格套,放意任情,笔墨似从胸臆间汩汩流出,浪花飞溅,不知止歇。观其所作,飘逸潇洒,妙有余姿。不经意处,往往适意,此乃存锦草书之风貌。而近作楷书,则多呈魏碑面目,端庄古质,朴茂天成,而能扬弃雕刊之流俗,任笔写来,体态严谨,笔姿潇散,神韵溢出,正学碑透过刀痕见笔迹者,非谨毛失貌者所能梦见。

存锦是一位自学成才的书家。一个运输公司的职工,靠着自身不懈努力,竟能登上大学的讲台,成为大学里的特聘书法教授,这实在是令人赞叹,可喜可贺的事情。存锦不独善书,对书法的理论也多有研究,所写评论,散见于报刊杂志,偶一读之,真知灼见,咄咄逼人;且长于吟咏,诗词散曲,时见佳什。今存锦将部分书法作品结集付印,虽非全豹,已可从中窥其一斑,文采顿现,墨韵可人,故乐为之小引。

王利民书法作品集序

　　因有同好，与王利民君相识近二十年。初见其所作硬笔书法，法度严谨，疏朗劲健，一派颜真卿面目。后以毛颖代硬笔，一仍其旧，宗法颜书，由楷而行，由行而草，凡颜之碑帖，皆认真研习，诸如《颜勤礼碑》、《颜家庙碑》、《蔡明远帖》、《刘中使帖》、《祭侄季明文稿》、《争座位帖》……无不细心观摩，体味神韵，勤于临写，以求形神。岁久日深，胸罗矩矱；当其下笔，雍容伟壮，耐人咀嚼。近年来，又能傍窥颜派各家，对刘石庵、钱南园、何子贞、翁同龢诸前贤，多所涉猎，陶铸百家，隐括众长，而后神遇迹化，成自家面目。

　　利民喜爱文学，从政之余，抽暇撰述。每有诗歌、散文、评论，见诸报端杂志，所作清新典雅、鞭辟近里。又好山水之游，每逢节假之日，或携家人，或邀友朋，徜徉山水佳处，探访名区胜迹，摩挲碑刻，品读匾联，登高放目，临流吟唱，心胸为之净化，眼界因而顿开。若有会心处，遂形诸记游文字，亦复情景交融，寄意高远。而山岳之雄浑，江海之浩渺，草木之灵秀，诗文之博大，皆会于胸臆，发为翰墨汩汩然，若清泉出谷，喷珠溅玉，不知止歇。故观利民之书，犹观山水草木，一任天成，不事雕琢，美与不美，皆极自然之妙。

　　与利民交，深感其朴拙敦厚，对上不事逢迎，交友鄙薄机巧，拙于言而勤于政。之于书，亦以诚相待，循序渐进，不追潮流,不求速化。凡有书事活动,也常参与。作品入选,为之欢喜,然不张扬;未入选,也不介意,一如故我,观碑临帖,仍不懈怠,只在笔墨耕耘中,求—份愉悦。

利民正当盛年,书与时进,当不待言也。

2004年4月1日

范越伟书法作品选序

　　十五年前初识范越伟同道,其时也,范君就读于北京中国政法大学。暑假归里,以所作书法篆刻习作见示,一派淳正清雅之气,扑人眉宇。印宗秦汉,书学晋唐,能取法乎上,笔下自然不同凡响。

　　毕业归忻,执法断案之余,不废笔墨。惟其好,持以恒,爱之切,钻乃深。每挑灯夜战,顿辄挥毫数十纸,东方既白,不知止歇;偶作印,持刀在手,驳驳有声,令妻儿不得寐。故所作迭架盈床,铺墙盖地,是中苦乐情趣,鲜为外人道。

　　身为法官,每断案,以事实为依据,以法律为准绳,铁面无私,丝毫不爽。而作书治印,则随情所至,一任自然,临见妙裁,不法常可,乱头粗服,愈见性灵,正所谓有法而无法者也。

　　壬午春,集近作数十件,公开展示,与此同时,检选部分展品,结集成册,以为此一阶段之雪泥鸿爪。展览或出版,其目的均在乞教,诸方家同道当不负其殷殷之心。越伟其行可嘉,其心当慰,其前途成就将无可限量的。朱关田先生题《范越伟书展》有云:"深山大泽,实生龙蛇。"诚哉斯言,有志于书道者,当黾勉之,精进之。

2002年 3 月 1 日

回崞阳

从 1954 年到 1960 年,我在崞县城(今崞阳镇)度过了 6 年的中学时代。日前回访了阔别 45 年的旧地,有颇多的回忆,也有颇多的感触。

人生百年,可谓长寿,以 6 年为单位来计算,却也没有多少的倍数,所以说,在人生的旅途上,6 年也不能说是一个短时间。

我在故乡屯瓦村完小毕业后,考上了在崞县城内的省立范亭中学。开学之日,徒步 60 里从故乡走到县城。进县城小西门,经西街,到蛤蟆桥的丁字街,而转北向,过中南门,入崞县内城,城之北端,便是范亭中学的所在了。日前回到崞阳,我仍是沿着这条老路进城的。所不同者,小西门不复存在了,唯西街的新华书店,仍在原来的地方,只是那临街的门面,贴上了白色的瓷砖,失去了原来那木构建筑的香色。青砖灰瓦的古县城,一经现代材料的装饰,实在是零乱和刺目。马赛克瓷砖,五花八门。没有整体的设计,各显时髦,竞相富贵,加之部分的驳落,给人却是破补烂衲的感觉。从西街到蛤蟆桥的近边,本来是个丁字街,不知哪年哪月,在这里拆开了一个东西向的逼窄的小豁口,不像一条街道,实在龌龊得很。更见摊位占道,垃圾遍地,往日那古老宁静的崞县城,再也无法寻觅了。需知从西晋"崞县"治所就在这片土地上出现,少说也有一千七八百年的历史了,它实在是一宗珍贵的文化遗产呢。而短短 40 多年的变迁,竟被糟践得如此面目全非,满目疮痍。据说,城内的一座明代建的泰山庙,也拆卖给五峰山的寺院了。唉,这些不肖的子孙们。

中南门外西侧的原崞阳文补校的建筑,倒是原来的样子,然而,不复有教师和学员的出入,房子的衰老,倒有点像正在坐在门前马扎上打盹的两位须发皆白的长者;而东侧瓮圈内的戏台,也不见踪影。目睹临街的铺面,已将进入戏场的通道,堵得严严实实。中学年代,我曾在晚自习的时间,偷偷地溜出校门,在这戏场,专注地激赏那"小电灯"(贾桂林)的《李三娘推磨》,那催人泪下的声韵和细腻入微的表演,似乎还在耳畔回响,在眼前再现。

中南门外更东侧的莲花壕,想必也变成了干沟,那昔日垂柳下的游鱼,想必也早入枯鱼之肆了。至于那文庙的大成殿,棂星门,高大的砖雕影壁,我是无暇去谒拜,但愿别来无恙,给镇上的人们留下些许的文脉,起码是一种念想吧。

古老的崞县城,变成了现在这个破败的样子,诚然也是可以理解的。自从1958年12月撤销崞县,改为原平县,1959年12月,县治由此迁建原平镇,崞县城更名为崞阳镇。由县城改为乡镇,在建置上、设施上、投入上,无不降了格。一县的政治、经济、文化中心转移了,还有多少人对它作更多的关照呢。崞县城变成了今天的模样,也该是意料中的事情,又何必大惊小怪呢。然而我和崞县城,有六年朝夕与共的日子,便发了一通不入时的感叹,情之所至,也无可奈何。

入中南门,径直到范亭中学母校去。其实范亭中学,早在十数年前已经迁建到原平市区了,这里已变成了原平市第二中学。不过,它依然是我的母校所在地,便急匆匆来访了。我适母校,正是学校暑假期间,又值中午。赤日炎炎,了无荫凉,门房无人,校园内也不见一人,想是午休的缘故吧。我回到了母校。似乎理直气壮,不打招呼,不寻向导,在校内各处逡巡着。原来高大的校门拆毁了,校门内的木牌坊也不见了,牌坊前那两丛茂密的丁香树,也遭了斤斧的劫难。初中时期的教室、宿舍也未留下一丝的痕迹,唯一能见到的是那一座临街的曾用作图书馆的窑洞楼,尚矗立着,上悬着"续范亭纪念堂"的匾额,门却上着锁,自然无缘一睹内中的陈设。令我心生欢喜的是我高中学习的教室还结实的坐落在那里。遂爬上窗户,向里探视,以寻求当年自己那座位。同行的文友薛勇先生为我在教室前摄影留念。母校的一切都勾起了我对在校时的日日夜夜的回忆,一张张师长和同学们的面孔,瞬息间浮现在我的眼前来。

严肃的老校长程友三,稳健的教导主任贾志高,风趣幽默的初中语文老师张化绩,都让我铭记不忘。而身患浮肿症的音乐老师门耀斋给我的印象就更深刻,他上半尺高的教台,似乎还有点吃力,坐在风琴前,手弹琴键,口唱"天安门,闪金光,壮丽的城楼红旗飘扬……"两句歌词未唱完,便在琴台上睡着了。他一度也做体育老师。一个前滚翻过去,便躺在垫子上入睡。也许是因为他的身体状况,后来便做了图书馆的管理员。老师毫无怨言,每日勤勤恳恳为同学们服务着,笑眯眯地和大家打招呼,只是有点口吃。更有启蒙我走上书画道路的美术老师段体礼,他身躯清健,仪态端庄,衣着讲究,教学十分认真。他所作的《崞县来宣桥》,于1952年在京举办的全国第二届国画展览参展后,更得到全校师生们的仰佩和尊敬。在他的精心辅导下,一时间范亭中学的美术活动开展得异常活跃,以至培养出后来成为国画家的王镩、亢佐田,版画家的傅琳、邢安福,民间美术家的邢同科、李官义,舞台美术家的王郁,以及美术编辑赵玉泉等等。一位叫黄德祥的教导员,他是四川人,矮小的个子,却有惊人的记忆力,全校近两千人的教职员工和学生,他能对号将每个人的名字叫上来。1954年秋,我入学之初,阴雨连月不开,宿舍房屋多有漏雨,同学们大多临时搬入了教室,我则一人留在了尚可过夜的床铺上。半夜中,黄德祥老师提着马灯来查房,走到我的身边,为我拢拢被窝,让我终生难忘。还有那位老工友张维登,他是住在门房的传达员,他的毕生精力,几乎是贡献给了教育事业,他完成着整个学校发号司令的任务。在学校西院的高台上,立着一根高高的木杆,杆子顶端,丁字儿横出一截短木,横木下挂着一只校铃,铃下系一长绳。每日起床、出操、开饭、上课、下课、自习、就寝、熄灯,都是这位工友张维登去完成打铃的任务。天长日久,他从传达室走到铃铎下,不假钟表,凭着自己的步数和感觉,能不差一分地将铃打响,不管春夏秋冬,不管风霜雨雪,数十年如一日无一次失误,这是何等的功夫,又是何等的功德。在他的一生,或许有人认为他工作是何等的平凡和单调,而我却认为他是那样的高尚和伟大!他若能活到今天,我回母校,首先会对他深深地鞠上一躬。想到那些故去的师长们,我的眼圈有些湿润了。至于那些当年的同窗学友,他们的年龄在今天大都已是六十开外了,现在或已赋闲在家,不过在他们的青春年华时代,也曾为国家和人民作过应有的贡献,想到这些,自然也为之欣慰。

在母校匆匆逗留,不知不觉过去个把钟头。看看表,已是午后一点半,才想到还未吃午饭,遂来到小西门外的"晋香园"。三间门脸儿,室内摆着七八张桌子,已然过午,而就餐的人,还是满满当当。打量一番,没有一张空桌子可占用,见靠西山墙处,有圆桌一张,只坐三位中年妇女,尚有余座。我们一行三人,便在旁边空位上坐下来。偌大的饭店(这家饭店算是镇上的大餐馆了),只顶棚悬一大风扇,室内甚是闷热,以至于有的顾客打赤臂,曲着一条腿,蹬在凳子上猛吃酒,倒有点梁山好汉的架势呢。同桌三位妇女是本市(原平市)大芳村农民,借农闲到这崞阳镇上,来买点零用的东西。三人要了一个小冷盘,一盘杂烩菜,再就是每人一碗肉炒面,边吃边谈论。一位较年轻的妇女低声说:"这面,油太大了,腻得很!"在她的碗底上,还留下不少的面条。我想,现在的农民确实是富裕了,她已经忘却过去的艰苦,不懂惜福了。临别时,一位妇女要了一个过油肉,用塑料袋提走了,想必是为了孩子或丈夫的。

我们三人点了一个冷盘,一个过油肉,一个炒豆腐,一个炒豆芽,每人一小盘"金裹银"(白面包荞面,擀制成切面,而后肉炒或素炒),一小碗荞面河捞。堂倌(他还保留着过去饭馆中报菜名报饭名的吆喝声,所以我这样称呼他)说:"豆芽已经卖完了,再说,就这些饭菜,你们已经足够吃了,不必再点。"

"依你说的,再来半斤白酒,要本市特产。"薛勇说。

"原平不产酒。"堂倌答道。

喏,偌大的原平市,竟没有一家酒坊,似乎有点说不过去。记得我少年时,故乡屯瓦村,尚有很多家缸坊呢,也许是这个酒店未备有原平酒,竟自胡乱地应付着。

酒菜上齐,司机不喝酒。我和薛勇对饮起来。平时我不能酒,今日是高兴呢,还是激动,竟然和朋友平分秋色,似乎有点半醉了,竟又谈起了中学时代的生活。当年我们每个学生每月的伙食费是6元8角,六年时间,没有下过一次饭馆,然而每星期不忘跑书店,无钱买书,看到好的文章,便靠着书架读起来。时间久了,就和书店的工作人员(包括经理)熟了。他们见我专心地阅读,有时会送上一只小凳子给我,还端上一杯白开水。这中学时代泡书店的景况,时常会浮现脑海。艰苦的岁月,却没有感到生活的清苦,只是因从家中每月为我挤出十元钱的生活费而犯难,感到十分的不安。酒已尽兴,饭已上桌,先是"金裹银",这是原平的特色面,作为原平人的我,年过六旬,却没有品尝过,今日一吃,觉得它有咬头,很精道,柔中有刚,刚柔相济,难怪它得以长期传承呢。至于荞面河捞,也是别有风味,因为在和制荞面时,注入了些许的石灰水,所以面经煮,不化汤,汤清面滑,爽口可人。少年时逛庙会,花一角钱,喝一碗河捞面,看一场古戏,傍晚再花一角钱,穿五个麻叶提回家,便皆大欢喜了。今日在"晋香园"三人一餐,花 28 元钱,十分实惠。薛勇说:"比起农村那三位妇女,我们有点奢侈了。"

步出"晋香园",寻普济桥而来。桥在小南门外。旧崞县城原是一座规模可观的城池,自北而南,有大北门,中南门,大南门,小南门,过南桥,尚有一南梢门。城之西,有土门,大西门,小西门;城之东,有大东门,小东门。一座县治的所在,竟有这么多的通道,也可谓四通八达了。北门外有来宣桥,在 1952 年的大地震中震塌了。1954 年我入学之初,坍塌的桥体尚残留着,而后新建的北桥,已没有原来的风韵。今尚存留的普济桥,因在小南门外,俗称南桥,它建于金泰和三年(1023 年),距今也将近千年的历史了。这是一座单拱复孔桥,其形制极似河北省的赵州桥,曾收入《中国桥梁建筑》一书。我们循南门而来,至南关,正值硬化路面,难以行车,遂再返小西门,至南桥之南"南窑上"。方入村,见有古槐二株,立于村口,干粗叶茂,少说也该是唐宋之物了,而今仍觉生机旺盛,繁荫匝地。树下七八老人小坐共话,见有客来,微笑着打招呼.似入礼仪之邦,询普济桥之所在,热情指点:"由这北去,穿正街,过洞门就到了。"

这南窑村,今更名为南尧村,想必是因过去的妓院,俗称"窑子"。其实那历史上的崞县城,即使有妓院,也当在那灯红酒绿的闹市区,绝不会穿大南关、小南关,再到这远离城区的小村来。这"南窑上"的由来,实在是县城兴建扩展过程中,大量用砖用瓦之故。这里居住着大量烧窑的工匠师徒,继而就扩展成为村子的,这便是南窑村的由来,又何必更改村名呢。漫步着,不觉已来到普济桥,桥面上,车辙马迹,历历可见。而望柱比列,栏板横陈,唯桥南头那十数通金元明清的碑碣,无一存在,不知去向,对之慨然。至桥下,见一拱凌空,形如半月,大拱之上,复置小拱四孔,玲珑剔透,若洞箫然。拱之券口,饰以深浮雕,无不简洁明快,精美绝伦。就中当心一幅,内中人物二躯,一躯人面鱼尾,一躯裸体双翼,我自浅薄无知,百思不解个中故事,深感惭愧。另有飞龙、水兽、仙人诸刻,亦极简洁生动。而桥下之水,涟漪微动,在日光照射下,光影返射桥拱壁上,圈圈点点,变幻莫测,不知止歇。更有芦苇高下,茨菇丛簇,野鸭出塘,紫燕穿栱,其境界堪称幽绝。虽值溽暑时节,满眼葱翠,一袭清凉,际此美景,哪能归去。适有一老翁从桥畔过,问其高寿,曰:“八十有二。”问其姓字,曰:“姓郑。”老人身强体健。满面红光,状若罗汉,而谈吐自若,又显文气,似为文化中人,他却说:“我没念过多少书。”问到 1937 年 10 月间,日本鬼子在崞县屠城时的状况,老人说:“那年,我已 12 岁,天近傍晚,日本人将老百姓集中在南桥西北侧的坑洼地区,将以动手。人群中传话开来,说枪声一响,立即倒地,或可免去一死。孰料枪声过后,人群中一个疯了站了起来,高声叫喊道:‘打不死,打不死!’鬼子又补　枪,然后又在每个倒下的人身上各刺数刀。哪个能幸免?惨啊!此一处,死者数百人,血浆横流,染红了南桥河的水。据说。在崞县城惨案中,就杀死老百姓 1300 多人,不能忘记啊!”老人的谈吐,虽感迟缓,却流露出几分的激愤,说着摇摇头,独自离去,回南窑村去了。望着老翁的背影,我的思绪有点零乱,想到这崞阳镇上的青年们,你们可曾知道,这里发生过一次血腥的惨案么?当政者,你们可曾在抗战胜利 60 周年的日子里,组织青年在这里进行过一次"不忘国耻"的爱国主义教育么?

　　阔别 40 多年的崞县城,我仅匆匆地一访,看到听到的很有限,想到的却很多很多。几年前想写一篇《我的中学时代》,似乎记忆中的事件和人物很多是值得叙述的,奈何总是杂事冗繁,加之自身的疏懒,便没有开笔。今天写下了这点琐屑的文字,略叙见闻,旨在引发曾在范亭中学就学过的校友们,回来走走。来晚了,过去的踪影就恐怕难于寻觅了。

2005年 11 月

芝兰其室

文友薛勇,知我有嗜花之癖,遂于甲申之冬,又携墨兰一盆,踏雪相赠,直令我生发出"恩俱来于望外,感愈结于心中"的感慨。

所惠之兰,置诸案头,隐堂之中,喜添清供。兰植"出汗泥"陶盆,盆高尺许,宽口瘦足,呈浅灰色。盆面刻行书二字,蕙兰一丛,简洁明快,颇为得体。盆之下沿,有九眼,分三组,每组从上到下,以一二三数而排列,得似装饰纹样。盆中,培以净白的"火山石",与碧叶相映衬,益见其格调之高雅。盆下有承托,若小盘然。每浇灌,水自上而下注,然后经小孔(九眼)而外溢于承托之中。待盆干,水又从承托中默然沿泥盆而上回。这盆壁恰似人之毛细血管或树之木栓层,真可谓妙造自然。

从兰绿叶间,已拔出三箭,亭亭然高标其上。每箭之上端,生骨朵三五,孕育有期,含苞待放。至2005年元旦住期,花放二朵,一朵半开,一朵大展。其花瓣,墨绿淡雅,红筋隐现,花舌半卷,舌端呈米黄色,舌根则近红紫,色泽深沉而绝俗,清芬暗度而幽远。至乙酉春节,花为之大放,满室生香,入夜尤甚。灯光下,绿叶如云,花影散乱,夜阑更深,了无睡意。遂沏一杯龙井,展半卷诗书,或抄三五行经卷。其时也,清静闲适,兰香游于鼻端,茶香留于舌本,其书香则悦目而会于心也。

花由初绽而大放,由大放而竟开,由竟开而半残,由半残而尽落。我不忍残瓣的委弃,遂将它们逐日收入了薄瓷的白釉盖碗中,以为这些花神们安睡,更待明春的苏醒。

花落了,叶也是好的。有道是"芳菲歇去何须恨,夏木阴阴正可人"。以"绿叶"来替代这"夏木"也是可以的。这兰叶,修长飘逸,风姿绰约,浮光泛彩,青翠欲滴,看一眼,也够提神的。

对兰的呵护,我不敢一日懈怠。兰,喜酸性水土,吾地水中多含碱,不利花之发育。遵薛勇言,每取水一钵,放置阳台之上,晾晒三五日,去氟气,提水温,且在浇花之时,水中加食醋二三滴,待溶匀,将钵中之水,上半部灌兰,下半部浇它花。兰性喜润,早晚以水喷洒,一时间,水雾迷漫,珠露盈叶,湿漉漉,愈见生机勃发。喜阳光,又不能暴晒。入夏,移半荫处;冬深,每日上午九点,阳光方入南窗,则移盆于光照中,且随光照之推移,盆花亦复为之追逐,由窗台而书案,由书案而地角。喜通风,窗户常开,清风过隙,长叶飘洒,颤悠悠,益显韵致婀娜。

兰不负我。至乙酉冬十二月某日,忽见兰叶丛中,四茎挺出,互争高低,小蕾暗紫,紧贴茎侧,三三五五,比肩而上。又一月,茎高尺余,兰花次第开放。至丙戌春节,隐堂群花争放,就中兰花尤为生气沛然,风韵绝俗。惟觉盆下承托未能匹配(为塑料制品),遂取青花小瓷盘以易之,并加置红木小座,高雅得很,无疑是清供中的上品了。待艳阳入室,花影在墙,疏密披离,绰有画意,遂取纸笔,以花影为粉本,细心钩摹,得画稿五六纸,当不减板桥道人之意趣。偶有文朋艺友来,小坐花旁,品读、赏鉴,而吟咏,而拍照。忽见花蕾柄下,悬小晶体,米粒大小,莹亮若珠露。薛勇言:"这是兰花蜜。"小心翼翼,以牙签挑一滴,甫入口中,舌本传香,甘甜清爽,虽稍纵即逝,然回味无穷。再挑蜜珠,传尝诸友,无不欢喜赞叹,极一时之乐也。

今年花发四茎,较去年多一茎。花开十九朵,较去年多出六七朵。花期已过四十天,较去年长出十数天,却看尚有余朵,翼然茎端,得似螭子天降。丁亥之初,想必更盛也。芝兰于我,厚幸如此,不敢有忘,谨为之记。

2006年3月5日

隐堂所植之墨兰

休闲小菜

癸未春夏之交，"非典"流行，足不出城，居家无事，惟电话问候，互致安好，或看电视。时久，亦劳目伤神，则"无事此静坐"，徒发"日长如小年"之感叹耳。遂命拙笔，作休闲小菜一则，虽非时尚之消闲，倒也乐此不疲。

夜雨连宵，簷溜滴沥，自晨及午，稍未停歇。虽时入初夏，而寒气犹重，羊绒衫裤未曾离身，尚感心寒腿冷。枯坐隐堂之上，静听夏雨之声。于此时刻，若能"有酒盈樽"，当得驱寒解忧——解"非典"之困扰。正是护持每天好心情，应对人生难关节。

妻置小菜四盘，取竹叶青半瓶，我自把盏自酌，陶陶然，竟为那色泽鲜美的小菜而出神。

水萝卜丝，小葱拌豆腐，凉拌苦苣菜和蒜芽炒鸡蛋。瞧这红白黄绿，何等鲜活，何等亮丽，悦目爽神，未曾品尝，已觉快意无穷了。

这小菜说来，制作十分简单。其一水萝卜丝。选取细皮嫩肉小水萝卜一个，切成细线，放盐少许渍之，稍加揉搓，以杀苦涩，再加无色食醋一匙和之装盘，若青雪堆起，霞光映照，白里透红，别饶清趣；食之脆嫩爽口，正醒酒之佳品也。

其二小葱拌豆腐。取豆腐一块，切为豆丁，以水煎之，水开捞出，待凉透，加盐，滴生麻油三五滴，再拌以新上市之小葱花。此小菜以白为主，间以葱绿，一青二白，煞是醒目，与水萝卜相匹配,更见其淳朴与野逸。

三曰凉拌苦苣菜。苦苣,苦菜之一种,昔时晋北民谣云:"河曲保德州,十年九不收;男人走口外,女人挖苦菜。"苦菜乃度荒充饥之物也。而今,此物已成酒家席上之清品。其制法,取苦苣一斤,以开水焯之,晾凉,切为寸段,加盐少许,香醋一匙,花椒油三五滴,调和入盘,观之,叶茎翠绿,偶见小白根点缀其间,若疏星在天,亦极可爱,正傅山先生五言诗句"苦菜绿堆盘"之境界。

说起蒜芽炒鸡蛋,便忆起儿时事。每年春节过后,祖母取蒜头十数枚,剥去紫皮,排放在几只绘有红色"太狮少保"的白瓷罗汉茶瓯中,注入清水,置窗台之上。过三五日,那蒜瓣破尖出牙,先鹅黄,渐油绿,后如翡翠,亭亭然,煞是招人喜欢,我有时爬在窗台上,对之良久。50多年过去了,祖母早已作古,而童年之情景,却时为化现。今年三月初,见院中花坛上有盆栽蒜芽者,又忆起祖母,我便也栽一小盆,日日添水,近来已成阳台上一景致,绿意可人。今日妻以蒜芽炒鸡蛋端上餐桌,自是感触良多,不忍下箸。

我不胜酒力,三杯两盏入肚,已觉心跳脸红,耳热呜呜然,遂泡一杯清茶,携至书房,顺手自书橱中抽书一本,乃《陶渊明集》,把卷而读。其时也,窗外簪注已断,室内轻寒消除,但见茶烟蒸腾,忽闻花香飘逸,陶诗未尽数行,清梦已入南柯矣。

2003年5月1日

翰墨情深

——绵山碑林征稿感言

绵山因介之推而显,介之推以绵山而彰,历代著述,诸如
《左传》、《吕氏春秋》、《庄子》、《水经注》、《史记》等,多有记载;
名人学士嘉会于此,仰高风而长啸,抚青松而赋诗,蔡邕、李世
民、贺知章、李商隐、文彦博、司马光、徐文长、傅青主等,无不留
下了精美的篇章。在这名山胜区之中,有识之士,拟建碑林,刻
古今诗词于其上,以增胜概。受友人之嘱托,余乐而为之征稿,
遂拾掇诗章,致函当今全国书坛诸名家,敬祈鼎助,共襄胜举。
时过未几,稿件便源源而来。诸书家不计稿酬之微薄,能泼墨挥
毫,惠赐墨宝,让人铭感不忘。尤其令我感激者,便是多位高龄
书法家,不顾年迈体弱,先后赐稿,并附上大札,读来感人至深。

陕西师范大学教授、首都师范大学书法博士生考试咨询委
员会委员,92 岁的卫俊秀先生,是当今书坛独树一帜的草书大
家。我与卫老相交甚久,他对我颇多教益,有求必应。此次征稿,
应约最早,惠函曰:

> 巨锁好友:前接大函,今书就"绵山碑林"诗一件。勉强
> 握管,难得应手矣……顽健欠佳,曾住院半年,手脚不灵,脑
> 子糊涂,年来很少动笔,无可奈何……但望能来西安一游,
> 乐何如之! 祝文安,全家康乐! 俊秀八月八日。

卫老是傅山研究专家,有《傅山论书法》一书行世,在书界

颇有影响;又是鲁迅研究专家,有《鲁迅<野草>探索》,遂受"胡风集团"株连,下放改造,半生坎坷。而对书法艺术,仍孜孜以求,即居山村野店,尚以枯枝画地,不废作书。到晚年,成书坛热点人物,而先生却视名誉为止水,一如故我,清静淡泊。

说来也巧,卫老寄信之日,苏州85岁的沙曼翁先生也寄我一函:

> 巨锁道兄:多年不见,甚是怀想。今介绍贵处绵山景区管理局征写碑文一通,因身体不适,本不能应,以你我多年老友,尽管薄酬,亦当报命。日内将写成寄奉,祝好! 曼启八月八日。

沙曼翁先生,爱新觉罗氏,书坛名宿。早年与沈尹默、白蕉等在上海组织书法研究会,奈何在"反右"运动中,也遭坎坷。中国有才华的知识分子, 命运竟是如此地相似, 能不令人慨叹。1987年山西省举办"杏花杯"全国书法大赛,我参与其事。当时,沙老为评委之一,有幸相交。评审作品结束后我曾陪同诸评委游览五台山、晋祠、乔家大院等山西名胜古迹。在杏花村汾酒厂作客时,沙老为我作名章一方,尔后在拙作之诸多书画上,便是钤盖的这方印章。沙老潜心佛学,所作书法,便多了几分清静庄严的风韵,赏读大作,便能感到一缕怡然的禅悦。

到8月15日收到著名书画家、原山东省艺术学院院长、88岁的于希宁先生的作品和函件,他说:

> 我因心脏病,遵医嘱,到泰山疗养院住了一年。有好转,为了改变环境气氛,返济隐居。前些日子,由我们学院转来你的信,昨日开始拾笔,也是锻炼,奉答乞正。

一位声望甚高的画坛前辈,竟是如此地谦虚。在病中,欣然命笔,怎能不让人感动。这将是我们永远学习的楷模。70年代末,我适烟台,正值《于希宁画展》在那里展出,遂得以参观展览,大饱眼福,并有幸拜访了于老。于夫人为山西老乡,谈书论画中,又加了缕缕乡情,这也许是此次征稿如愿的因素之一吧。

山西大学中文系教授、88岁的姚奠中先生,将我所寄诗稿遗失,遂与我通了电话,询问书写内容,因我不善普通话,一时难于听清,随后便自作七绝一首寄我。其诗曰:"有道清风远,潞公德业高。绵山灵秀处,文史富波涛。"

姚先生为国学大师章太炎高足,执教之余,偶然命笔,能传乃师遗韵。晚年作书,成自家面目,且多是自作诗词。书法虽为余事,然因积学精深,妙笔成趣,风规自远。

古文字学家、81岁高龄的张颔先生因为家乡名山作字,则热情更高,亦自撰诗句,同大札一并寄下:

> 巨锁同志您好:大函奉悉,遵嘱写就为家山碑林中幅一条,请两正之。老手迟顿,写得不好。您看的办,能用则用,不能用弃之可也。
>
> 我自己作四言赞体诗一首 (用小篆书):"绵山终古,介邑韫灵;人文芸若,永葆斯馨。"谨如上,祝嘉祺! 张颔上。八月二十二日。

张老为人为学,扎实严谨,所著《侯马盟书》、《古币文编》以及诸多学术论文,在国内外颇负盛名。今为家山作字,更是一丝不苟,其气象直逼斯冰,却自谦若此,当今那些身居书坛要位,自视甚高却书品平平的"大家"们,与张老岂能同日而语。

中国书协顾问、原《中国书法》杂志主编谢冰岩先生,虽惠稿较迟,然与我来信说:

> 巨锁先生:因眼病发,这些天写字困难,故迟至今日始

寄上,请谅。祝工作顺利! 冰岩十月二十日。

纸短情长,一片真情,跃然纸上。须知这是一位 92 岁高龄且患有眼疾的老人,亦不忘在远,以应所托。此外,尚有 92 岁的潘主兰、86 岁的杨仁恺、81 岁的魏启后等先生均惠赐了大作。这些德高望重,享誉中外的书坛耆宿,虽年事已高,仍不忘为中华文化事业建设,躬耕劳作,尽心竭力,其品德情操,仰之弥高;奉献精神,为人楷模,这当是中国文化人的可贵所在了。

76 岁的诗书画家林锴先生致函说:"现在书画都进入了市场,低稿酬一般都不愿意接受,只有您的面子大。"我想,林先生这话说对了前半句,确实现在书画进入了市场,有些书坛政要,位高名显,政务繁忙。求索冗繁,自不能一一应酬,故尔书债难还,苦衷自知。待价而沽,低稿酬自不理会者,也屡见不鲜,市场规则,理所当然,似亦无可非议。至于林先生说"只有您的面子大",此话非也,如前所言,这正是中国传统文化人一种古道热肠、厚德载物的情怀所致者,小子何德何能,其"面子"又何足论也。

碑林征稿告一段落,得中外书家大作百零二幅,亦洋洋大观矣。征稿中,感触颇多,此谨记其情谊者。

2000 年旧稿

墨香飘溢求雨山

庚辰初夏,我适金陵,闻江浦县有林散之、萧娴、高二适纪念馆,遂约文友二三人,往访之。

过南京长江大桥,沿江岸西去,东行半小时,即抵江浦县城。至城北求雨山,但见冈峦起伏,境界幽旷,茂林苍翠,修竹婆娑。茂林修竹间,坐落着三座风格迥异的纪念馆。

顺石级而上,先访"林散之纪念馆"。这是一所极具民族建筑风格的庭院,回廊曲槛,花林扶疏,鸟雀相喧,游人少而其境幽。此地有亭、有轩、有水榭、有墨池……登水榭,下瞰墨池,文鱼可数;巡碑廊,仰观法书,墨香犹存。百余米曲径回廊中,镶嵌黑色花岗岩碑刻于其上,真有点"奔蛇走虺势入座,骤雨旋风声满堂"的感觉呢。迎面一副行楷对联是林老在 1953 年所书,内容为:"封山育林,此事最重;农田水利,今时所需。"其时也,林老任江浦县农田水利委员会副主任之职。于此一斑,亦可见先生当年对生态环境保护的远见卓识。出碑廊,登上纪念馆的主体建筑"散木山房"。这是一所宽绰明亮的二层楼房,内中陈列着林老书画墨迹百余幅。楼下西壁一幅丈二匹巨幅,尤为引人注目。此作书于 1980 年,其时先生已是 83 岁高龄的老人了。观其大作,精力弥满,一气呵成,不知有我,何曾有法。涨墨处,润含春雨;渴笔处,干裂秋风,正所谓"岁月功深化境初"。在展室,尚有国画山水多幅,皆浑厚华滋,得乃师黄宾虹先生真传也。其中一幅手卷，乃林老50年代所作，写长江抗洪护堤战斗之景象，画中人物仅二三分，却能须眉生动，曲尽其妙。此非画家亲身参加抗洪战斗和作认真体会观察者，恐不能得其万一也。

在赏读林老大作之际，不禁又陷入沉思之中。当年数过南京，多次到中央路117号二楼向钱松岩先生请益，竟不知楼下住的便是林散老，待读到一副林老的联语："楼上是谁，钱郎诗句；个中有我，和靖梅花"时，虽豁然开悟，然林老已归道山，无缘一睹先生颜色，诚为平生憾事。

出林馆，沿林间小道左行，径往"萧娴纪念馆"而来。入门，左侧为仿制"萧娴故居"，入蓬门小院，花木成畦，豆架垂青，入"枕琴室"，俨然我于1990年9月在南京锁金四村访问萧老时所见景物，几案依旧，书架旁列，卧榻低置，玉照高悬，惟人去楼空，萧老难觅，不禁黯然伤神。

纪念馆之主体建筑，颇宏大，既有汉唐风格和气派，又具新的创意，可谓匠心经营，不同凡响。入展室，萧老大作，破目而来，展品多对联巨制，有字大如斗者，惊世骇俗，观其书，如见巨瀑骤下，似听惊雷轰鸣，直慑人心脾，震人耳目，英英然，不可端倪。震惊之余，仔细品读，又多了几分朴拙和凝重，"雄、深、苍、浑"，这当是萧老书法魅力之所在。

展馆后院有老人墓地，皆以黑色花岗石所砌。墓后有石墙一堵，若屏风然，上刊乃师康有为手迹，对其弟子作了高度的赞扬："卫管重来主坫坛。"平心而论，萧老的书法以气势胜，至于书道的细微末节，老人似乎是不以为然的，正"书中有我，眼底无它"之谓也。

出萧馆，绕坡脚，转幽境，复得"高二适纪念馆"。此馆建筑，颇为别致，室内展厅，上上下下，以石级连缀，虽为一室，却分数层，错落和谐，别开生面。先生书件，多诗稿、书札，其尺寸愈小，愈见精美。观其书,可见其人,字里行间,无不流露出潇洒、豁达、耿介、刚直的意韵来。尤其是拜读先生《关于兰亭序真伪驳议》等二篇大著,益见其识见高深,又敢于伸张正义,遂在毛泽东阅读原稿后,指令很快发表其文章,可见高文的价值所在了。先生之书多章草,所言"章草为今草之祖,学之善,则草法亦与之变化入古,斯不落于俗矣"。先生之书,笔笔有法,而又不为法缚,新意迭出,而韵致高古,在当代章草大家中,可谓"别出新意成一家"。

在高馆留恋往复,观之再三,不忍离去,奈何饥肠辘辘,看看表,已是午后三点余。

离求雨山,复驻足回望,见一老人立高岗之上,背倚修竹,身稍前倾,作送客状,长眉飘洒,双目炯炯,其情态蔼然可亲,此林散之先生塑像也。日后,若得机缘,我当复来造访这翰墨飘香的求雨山。据说,这里将为金陵另一位书法大家胡小石先生建立纪念馆。

2001年4月20日

国庆这一天

　　国庆长假七天，人皆外出旅游，此一休闲之时尚。我在红尘中，自不能免俗，故亦走走。不过，人多趋奇山胜水或古都名城，我则耽山村茅社与深谷流泉，遂有于家沟一日游。

　　上午九点，焦如意夫妇驾一面包车到和平新村接我，同车而来者，尚有李文亮夫妇及曹文安君。相偕出游，不亦乐乎。出忻州城西行，经新路、上社、合索，转西南方向而来，至三交镇，行未几，道分二歧，西行则牛尾庄而静乐；东南行则付家庄。我们取道于后者，沿水马川沟而进，过三岔河大桥，聊为一驻足，凭栏赏东山，但见奇峰仰面而起，怪石峥嵘，若荷叶、小斧劈、云头、鬼面皴法，皆画家粉本也。品读有顷，复登车在深山狭谷中行驰。时值高秋，苍山点翠，黄叶飘金，而路边岩畔，间有野菊黄花，丛丛簇簇，临风摇曳。好景无长路，眼前渐为开阔，白杨钻天，碧空如洗，秋熟的庄稼地里，时时传出农人掰玉米的剥剥声。不觉车过付家庄，至碾沟村外，问牧羊人，离忻州市区已过90余里。往前行，则可到庄磨镇，离著名诗人公刘先生插队处——下冯村也不算远，然此行并非寻访诗人踪迹，遂循原路返回付家庄。我在车上，不禁忆起诗人在忻州遭际。

　　今年四月，旅脚天水，曾购得公刘先生随笔集《纸上声》。在旅社中，曾拜读诗人1994年7月间回访下冯村的文章，真情弥漫，跃然纸上，读后久久不能忘怀。

　　车过付家庄,至于家沟,乃一小村。村之北,有古建一处,依山而建。北殿簷下,有二石碑扑地,揩去尘积,知此建为泰山庙,碑为清乾隆四十二年《重修泰山庙碑记》,惜庙中塑像在"文革"中摧残殆尽,而西山墙之内壁上却留下了"忠"字字样,亦"文革"之遗迹也。大殿已久无人呵护,任其风剥雨蚀,其寿命当不会太久的。在大殿的檩件上,存有彩绘图案的残痕,看上去,可以想见当年是何等的精美,堆金沥粉的工艺,在现代建筑彩绘中,已很少使用了,行将失传。小方格的隔扇门,横七竖八地弃置在檐柱间,不久也会变作无焰的烧火柴。院中东西厢房已经坍塌,唯南面的戏台尚存留着,不过,台上已安装了门窗,可见戏是久已不唱了,戏台便改作他用。满院的杂草和烂柴,散发着一股股羊粪气息,似乎这泰山庙,早已做了圈羊的场所。

　　出泰山庙,在北街看到另一处恢宏的建筑物,是民居,青砖灰瓦,高高的脊瓴,兽头凌空,挡风若翼,不禁眼前一亮。在这深山狭谷中,竟有这般宏伟民居,便欲探访,寻其大门,在南街上。门对河谷,深约丈五,上架铁索桥,颤颤悠悠,站桥上,下视细流,水石间,明灭可见。入门,乃一小院,四处堆放柴禾,杂乱无章,二门虽残破,而形制尚存,水磨青砖迭砌,白灰缝细若丝线。进二门,重建平房三楹,老屋已不复存在,欲往后院,已不通。房主人道,此大宅在土改中,已分数家贫民,数十年来,拆盖翻修,三、四进院落已非原来面目。中厅已了无痕迹,惟后厅独存,然主人外出,院门紧锁,也不能窥豹之一斑。

　　将离于家沟,见北街转角处,有三老媪坐石头上叙话,一壮年女子捡蘑菇。如意趋前问道:

　　"这蘑菇是自己采的?"

　　"是。"

　　"哪里采的?"

"山坡上,杨树林。"

"好吃么？"

"好吃。"

"怎么吃法？"

"先用滚水焯过,再洗净,炒、调、做汤都行。"

"卖不？"

"不卖,自己吃。"

"我们买点,尝一尝。"

"没卖过,不会卖。"

"你说个价钱。"

"就这些,20元。"

"行。"如义付钱,其夫人从车上取下一个大塑料袋,将那收拾干净的半笸箩半干的蘑菇装入袋中提上了车。

离开了于家沟村,循原路顺溪流而下,小溪斗折蛇行,夹岸的白杨落叶,沿溪的青石横陈,杂花野卉,点缀溪石间,或疏或密,自然天成;花间蜂蝶,乍起乍落,尽情地享受这晚秋的冷艳。行进间,便到了三迭泉,泉本无名,因瀑分三级,水细若泉,姑妄名之。

由半山公路沿石坡下到谷底,仰望三迭泉,细流如练,挂岩壁上,分三级陡然下注。瀑之左右石壁,各展扩有数丈,整整一块巨石,略无阙处,仅有皱纹皱折而已,石高三丈许,水注石潭中,砰然有声。潭深不知几许,湛然如镜,嵌于谷中,其色绿如蓝淀,直通两山坡脚,色至边而渐浅,渐见深赭小渚,露出水面,环生小草,鹡鸰飞落其上,尾巴一举一落,煞是好看。面对胜景,画兴勃然。遂择地而坐,取出画具,打开素面册页,放好画盘,倾墨汁少许,拣狼毫一枝,蘸水吮笔作起写生来。奈何久不作画,手生笔拙,加之熟纸册页,甚不受墨。笔底涩然,草草数幅,皆不称意。见诸同行,或临流拍照,或山崖采花,或浅吟,或低唱,或濯缨,或濯足,其游兴正浓,我便匆匆收起画具,随之漫游水石间。

潭之下游,又变成分岔小河,河上置踏石,我由东向西,行脚于小河间,抵西山背阴处小坐,吃梨、石榴,与诸同游谈山水胜景、人文轶事,一时间,笑声四起,洒落山水清音间。后自谷底沿石壁而攀登,手足并用,若猿猱状。至石壁高处,却是一块平地,两山间,一阔石,了无缝隙,横可三丈,广约两丈余。石之边,有一小槽,为出水口,宽仅尺余。上游小溪,流到巨石处,汇成一潭,广约丈许,深可五尺,状若锅底钵,水中小鱼仅二三分,往来倏忽,游弋绿藻中,时有蜻蜓点水,动作亦甚捷速,直惊得小鱼四散逃去,不见踪影。水自潭中溢出,经水口下注,跌落石穴深潭,溅起千斛珠玉。诸同行小心翼翼,沿石壁可着脚处,下到近瀑边,与水相偎,拍影留念。我有点疲累了,斜倚一巨石,仰观天云之暖靆,俯听飞瀑之喧豗,似乎忘却了尘嚣,真正回归了自然。

赏玩尽兴,看看表,已午后一点,遂登车而返。至三交镇外,于"青山饭店"就午餐。取所购之部分新蘑请厨师烹调。未几,一桌农家风味摆满桌面;凉拌山药丝,冷调豆芽菜,豆腐干,花生米,开启红葡萄酒和啤酒瓶盖,将酒注入玻璃杯,开始下箸小饮,面对青山,杯酒鉴绿。小饭店,仅我们六个食客,倒也清静惬意。随后,素炒豆腐、瘦肉炖鲜蘑、大烩菜等逐一端了上来。虽谈不上"香"、"色"二字,而"味道"是很好的。最后上的是一盆蘑菇汤和二斤莜面靠饦饦。这浅黄色的莜面窝窝,夹几只,蘸一点蘑菇汤,加入小许食醋,放到嘴里,味道好极了,未经咀嚼,已滑下了喉咙。六十元的一餐,让大家吃得很开心,都说远胜城市中高档的饭菜了。

饭毕,饮茶片刻,便返回忻州,已是下午四时许,略作洗漱,上床而卧,不觉已入梦乡。

晚,同乡同巷孙育华教授携子及孙、孙女来访,得一畅谈,快慰无喻。时过九点,临别,留诗《读隐堂随笔》一首云:

> 梦断高楼枕石眠,
> 情思悠悠忆林泉。
> 少年艰辛几多事,
> 化作彩云绕乡关。

诚然,少年时在故乡度过 16 个年头,故乡的山水情结,自然是解不开,化不去,故而时时浮现在脑海,流露在笔下;而客居忻州近四十年,忻州,岂不是第二故乡,忻州的山水林泉,也让我时常萦怀的。今日一游于家沟,也可见一斑了。行文至此,我不禁又想起了元遗山先生的诗句来:

> 四海虚名值几钱,
> 世间难得好林泉。
> 无情石岭关头路。
> 行去行来又十年。

2002年 10 月 5 日

泛舟观山

纵一叶之扁舟,凌万顷之烟波,览丘壑之众美,极山水之乐事,此吾平生之所好。然今"非典"尚炽,不独泛舟观山,即堧池之一隅,虽近在咫尺,亦不得往游焉。

果不得山水之乐乎?可也。岂不记画家"外师造化,中发心源"之名言。去年十月,我有江西之行,得《赣行日记》一卷。晨起,旭日临窗,花影摇曳,偶然检读,复见山情水色,虽则卧游,不亦快哉。摘抄一章,以博同好一笑。

10月15日,早晨7点半,与全国书界同仁,乘豪华大轿车一辆,离南昌,出南城,经青云谱,走抚州路,过进贤县,转上饶路,望鹰潭方向而来。于上午10点许,忽见秀峰罗列,似仙班侍值。导游言,此排衙石。《徐霞客游记》曾载云:"过南吉岭,遥望东南,乱山横翠,骈肩其北者,为排衙石,最高。"指顾间,车已转向。又过半小时,抵达上清古镇,但见长街清幽,民居古朴,人行鹅卵石道上,得得有声,想那徐霞客在数百年前也曾渡溪而来,徜徉上清街头,跋涉龙虎山中,其况味与今不知相去几何?浮想间,已到嗣汉天师府。偌大府第,依山面水,气派堂皇。它是历代张天师生活起居和祀神之处所,也是中国道教正一派的祖庭。因其历代皇家的封赐,其规模自是宏大,然古建多毁。今之巨殿崇宫,或新建,或重修,复其旧貌,亦复可观。庭院中,古木参天,浓阴匝地。瞧这古樟树,皆七八百年高龄,老干虬枝、盘根错节,在清风中,枝叶瑟瑟作响,似乎在诉说对天师府兴衰的见闻。又见一罗汉松,其主干亦复老态龙钟,然生机尚健,针叶茂密,青翠欲滴。另一株桂花树,在古木群体中,虽属小字辈,然翠叶流光,花香袭人,置身幽馆曲院,饮露餐绿,别饶意趣。

府中古物,可见者一为元代铜钟,重约万斤,席地而立,历640年历史,文字闪烁,古色斑斓;另一遗物,则是赵子昂所书《玄教大宗师碑》,经680年风雨,已断为数截,今已粘合竖立,虽摩挲良久,其文已不可卒读。

时已12点,于天师府就午餐,虽匆匆用过,而那泸溪河鱼、上清豆腐、香菇、石鸡,佐以天师板栗,或煨或炖,以"清、鲜、嫩、滑"四字而评定,确是道出了个中滋味。饭后,品天师养神茶二小盏。虽香留舌本,然总未能解渴。又匆匆逛太清宫,亦多新建,惟东道院曲径幽深,老树垂荫,丛竹掩映,墙外有一樟树,历千八百年,言张道陵所植,姑妄听之;又"镇妖井"一口,位于伏魔殿中,导游与《水浒传》第一回联姻,绘声绘色,故事俨然如昨发生。午后1时半,开始泛舟观山。同行40余人,分乘七只竹筏,顺泸溪河漂流而下,方向大略由东向西,间有河段,由南而北,或由北而南。每筏由十数条毛竹并列构成,大家鱼贯而上,脱去鞋袜,着桔红色护生衣,列坐竹椅上,头顶有洁白遮阳伞罩,倒也清爽舒适。但见二船工手执长篙,点水而进,浪花自竹排缝隙间涌起,有时水过脚面,微觉流滑,却不冰凉。

放筏碧波之上,任情游目骋怀,初见两岸冈峦起伏,烟树村落,散布其中。时闻鸡鸣犬吠,间有牛背牧童,临风横笛,其声迢递,正李可染先生笔下之景况。又见岸边芦花如阵,随风俯仰,忽有鸭嬉群来,凌波觅食。

行进间,北岸群峰拔地,连绵不绝,若巨龙腾空;又嶙岩突兀,蔓草迷离,似猛虎呈威。舟人曰,此乃龙虎山,自张道陵创道教以来,嗣继六十三代,除二三代外,世居龙虎山中,此山遂名享天下。奈何竹筏漂流,龙虎山转瞬即过,回头再看,已是"横看成岭侧成峰"了。

复前行,进入仙水岩风景区。巧石破目而来,不可胜数,诸如僧尼峰、莲花石、仙桃石、丹勺岩……无不鬼斧神工,妙造天成,我不禁惊诧这造化的神奇了。赏读之际,竹筏至一深潭,水势横斜,旋涡翻卷,潭上一巉岩跃跃欲下,眼见筏石相撞,人皆失色,我心已提喉咙口。说时迟,那时快,二船工迅将长篙力撑巨石,竹筏急转而下,渡过一劫,有惊无险,免葬鱼腹。时过许久,同筏诸君方复叙谈。舟人言,此处叫"道堂岩",是泸溪河上一大险处。

过道堂岩,水渐开阔平缓,本来鱼贯而行之七筏,竟你追我赶,竞赛起来,年轻书家,以执笔之手,拿起木桨,用力鼓荡,一时间,争先恐后,竹筏箭发,水流声,呼叫声,嬉笑声,桨橹声,此起彼伏,浑然天成,山鸣谷应,好不热闹。玩累了,各自歇息,竹筏复归原来次序,一竖儿顺流而下,江上了无声息,困顿者,倚竹椅而小睡,我则观筏边之江水,明澈见底,砾石可见。忽有一船娘乘小竹筏载竹篓而来,未几,靠近我们船头,叫卖食品。邻坐王楚材先生买粽子十个,分赠同筏诸君。这粽子,状如荷包,大若核桃,剥去芦苇粽叶,露出白糯米团,米中裹天师板栗一枚,送入口中,咀之嚼之,其味甚佳。

经此品尝,行舟困顿,为之尽扫。眼前又现一景,巨岩横陈,宽可百丈,挺然天际,灿然云锦。询之舟人,果然叫"云锦山"。放目望去,高崖飞檐,翼然云际,乃重建之"正一观"。唐代诗人吴筠有诗云:"道士身披鱼鬣衣,白日忽上青天飞。龙虎山头好明月,玉殿珠楼空翠微。"忆此,则可想见当时缁流之景况。

漂流泸溪河,愈见愈奇,南岸有山,列嶂如堵,群峦森严,丹山倒映碧水,竹筏泛上云天,此乃典型的丹霞地貌,对此,精神为之大振。决眦望去,千寻之上,岩隙之间,崖墓棺木,依稀可见,早闻古越族人崖葬之谜,今日得见,令我大惑不解,如此峭壁高岩,棺木何以送上,又何必劳神费力葬于崖隙。凡此种种,令人百思不得其解。

　　在奇峰秀水中浮宅泛舟,好景迭出,目不暇顾,幽谷浅滩,无不令人陶醉留连。更有奇者,行见一巨石,孤标水际,初若石鼓,巍然而立,待竹筏泛入下游,回头审视时,俨然鲁迅先生头像剪影,遂得新名曰"文豪峰"。其时也,天已薄暮,红霞一抹,冉冉升起,倒映水中,半江瑟瑟,半江绯红,忽一白鹭横空而过,鸣叫之声,颇感凄厉,指顾间,已不见踪影,此正王勃"落霞与孤鹜齐飞,秋水共长天一色"之写照。

　　复前行,舟泊南岸,同游诸君,一一下筏,沿山间磴道,至仙女岩而观,见所谓"天地之母",导游言"女人见了羞答答,男人见了笑哈哈",信然造化之神奇也。谈笑间,复上竹筏,横过泸溪

2002年10月15日泛舟泸溪河

河,登北岸码头,行百余步,与仙水岩隔江而观,见岩脚有飞云阁,背倚禾斛岩,面临泸溪水,悬崖为盖,题刻豁然,有摩崖石刻"玉壁凌空"、"神仙可栖"等字样,云是明朝宰相上清夏桂洲之手迹。于此小坐,观崖葬表演,只见二青年,身系绳索,沿峭壁,速捷而下,将船上所载棺木,以绳牵升,旋入洞中⋯⋯

　日之夕矣,遂登车而去,回想半日时间,泛筏漂流,历二十四里,亲近丹山碧水,俯仰古往今来,观奇揽胜,陶然忘我。因忆及南宋大儒、理学家陆象山之名言:"宇宙便是吾心,吾心即是宇宙",颇有启迪。如我区区,半生能极林泉之乐事,远离他人蜗角之纷争,遂自语曰:吾愿足矣,夫复何求!

　晚宿贵溪铜苑宾馆619号,与西藏李运熙先生同室,交谈未几,李先生似甚疲累,鼾然睡去,我在灯下草此日记。

2003年6月10日

圭峰寺

数过峨岭,见有阁凌于高峰之上,其峰挺秀,其岩如削。峰之左右,两山翼然欲飞;峰之背,一山高耸,伟哉雄宏;峰之双胁,有泉洒然而下,涓涓如喷玉,泠泠而有声,名曰"涧泉滴水"。岗陵峦谷间,古柏比肩,层波叠翠,其身扭曲作解索状,柏子瑟瑟,与泉声相击搏,亦天籁之音也。山之隩,柏之中,有寺居焉,曰圭峰寺,藏而不露,未能一睹真容,失之交臂,抱憾久矣。

癸未夏六月,应利民友兄之邀游,遂成此行。出繁峙县城,经峨口,溯峨河而上,行五十里,至安头村,沿村小路,伴岩谷泉音,扶老柏,摩苔石,渐次而升。行至山腰,小坐石上,圭峰寺忽入望中,红墙黛瓦,掩映翠柏古檀间。其时也,细雨乍降,暑气顿消,置身清凉胜境中,尘烦俗虑,为之一洗。行进中,有一护林人,也山寺之护法信士,名邓玉红者,尾追而来,主动为我等导游,遂致感谢。至寺西山墙外,有小门西向而设,门紧掩,推而不动,轻声扣之,有小尼闻声而来,见客至,合十相迎,延至客堂,清茶献上,香气氤氲。方举杯,监院比丘尼入座叙谈,言本寺住持妙音师父身兼普寿寺监院,时值五台山中,未能迎候,深感抱歉。又言此寺为比丘尼院,现仅有尼众二十余人。当年通圆法师曾在此弘法,妙音便是法师之高足,亦当今佛门之精英。并指墙上长幅照片言道:"这便是妙音师参加全国第七届佛协大会的合影。"小坐有顷,遂巡礼于寺院。

　　主峰之下,有地幽而邃,正殿置高台之上,殿中梵呗传声,清韵不绝,此乃尼众习诵经卷,间用录音机作经文解读,这古寺新声,亦可谓与时俱进也。寺之南,乃为圭峰,峰如玉笏,上建魁星阁,正峨岭尝见之高阁也。大殿月台之下,有明清碑碣多通,可见最早者为景泰七年(1456年)所立,然此碑已移置东廊下,原碑龟趺座上,不知何年生出一棵紫檀,老根如臂,抱石龟而滋生土中,檀身将石碑挤靠月台。今树高百尺,枝繁叶茂,似得地气。老檀西,有古柏一株,干云直上,下生山葡萄一株,龙缠蛇绕,缘古柏而攀升,枯藤老蔓,承雨露之润泽,与古柏而争雄。世间事,不可思议者亦多,鹊巢鸠占,碑趺檀居,柔藤竟凌强柏。寺院之西厢,遭“文革”浩劫,僧寮荡然无存。尼众拓为菜地,瓜棚豆架,井然有序,白菜山药,绿可鉴人,间有时花野卉,点缀畦畔,倒也爽目怡人。东厢旧楼幸存,虽百年老屋,却清静整洁,为尼众生活起居之场所。前殿甫完土建工程,塑像彩绘经费,尚无着落。徜徉寺院,除梵音柏韵,别无声息。将别,布施若干,以资山寺添三砖两瓦。步出东山门,即山寺正门,有柏抱檀一株,柏分五歧,中生檀木,亦庞然大物,诚山寺又一佳致,不可不记,遂附一笔。下山与邓玉红谈,知其笃信佛法,年四十余,未有妻室,与八十老母相依为命,主动护圭峰古柏,与竖牧者斗,与盗木者斗,乐此不疲,实实可敬。赠钱些许,聊充鞋资,愿其购胶鞋数双,为护林护寺而护脚也。

2004年1月1日

秘魔岩

    上峨岭,至岩头乡,东过峨河,望维屏山,高岩迭出,峭壁千寻,白云暖靆,峦岫争辉。时值盛夏,凉风习习,好一处避暑胜地。山行二三里,见一塔跃然眼中,攀岩扪草,至塔前,环视上下,塔高丈余,三层八角,实心砖砌,乃玄觉大师墓塔。上嵌碑记,据云刊于北汉天会七年(963年),几年前移置山寺藏贮,以防盗宝者作祟,故未能一睹其面目。复前行里许,见古松十数株,疏落有致,罗列山寺前,山风起处,涛声如诉。山寺坐东面西,随高就低,建殿阁楼台,深可数重,高阶石磴,愈后而愈高。有南北跨院各一处,僧人所居,不复搅扰。

    秘密寺,亦五台山一大丛林处,惟深山幽谷,远离台怀,游人罕至,香火自难旺盛,故此千年古刹,甚是荒败,山门外,蔓草丛生,狐兔出没;道旁有经幢六七座,土埋苔封,皆不可读,惟天圣、嘉祐、崇宁、皇统、大定之字样,尚可见,此皆宋金之遗珍,一任鼠害磨牙,牛羊砺角,对此景象,能不慨叹。

    寺之东,有中庵,背倚危岩,门垂磴道,望之,正在林表木末。再鼓余勇,以探其胜,乱石夹道,涧水横流,虽脚踏实地,亦不时跌碰。所欣杂树竞翠,野花彩错,游蜂戏蝶,往来不绝。一僧为导,山路谙熟,健步如飞,令我等远落其后。庵为闭关之胜处,一门一院,花木成畦,苔痕如染。岩下有小楼一座,启锁入内,缘木梯上二层,仰见弥陀接引佛石雕一尊,高可二丈,体态丰伟,面目端庄。观其碑记,知为明正德间贤澍和尚所建造。楼外西石壁上,也凿石佛十七尊,高约三尺许,略早于楼内接引佛,为弘治末年遗构,诸尊造型生动,色泽典雅,亦为明塑之精品。中庵之西有西庵,今不复存焉,惟残垣断壁耳。

秘密寺,北上五里,为龙洞,见说山路崎岖百转,步步升高,逼窄处,仅容一身;险绝处,铁链护持,自感体力已尽,遂止歇路边巨石上,有忆坡公游嘉祐寺,半途而止,不过尔尔。同行者利民、文成,正年轻体健,相偕攀登。我小憩石床,时坐时卧,俯听天籁,仰观流云,空山寂静,暂友麋鹿。沉睡间,忽有儿童五七人,至龙洞而下,经我而过,活蹦乱跳,腾跃追逐,如泥丸下坠,一溜烟,不见踪影,惟童音呼叫,自谷中升起,为深山古寺,平添如缕新声。我遂起身而下,循旧路复归山寺。寻读碑记,知秘密寺,始建于北齐,唐禅宗高僧木叉和尚自南岳来,驻锡此中,弘扬佛法。今山门外,西去半里,有其墓塔,遂往探访。墓在废地中,杂草过膝,踽行其中,小心翼翼,深恐蛇虫为害。至塔前巡视,见塔处低窪处,高可二丈,八角四层,砌建精美,所惜风雨凋零,残破严重,据云更有盗宝者,深掘墓穴,以致千年古物,遭此荼毒,睹此残状,徒增愤慨!

时值正午,利民、文成自龙洞来,同返岩头乡,就中餐毕,往清凉桥,谒吉祥寺,寻能海法师之胜迹。

2004年1月20日

白人岩

癸未夏秋之交,书友崔有良、杨献国二位邀游代州白人岩,相与者,杨文成一家。

初入谷,有建筑残基布山脚,崔君言,此白人岩之下寺,民呼之谓"小寺"。寺早毁,碑碣全无,惟残砖破瓦与泥沙碎石相混杂,旧时面貌,已难相见了。复前行,见乱石奔来,聚谷口,东倒西歪,相互枕藉,竖者侧立,横者斜卧,皆作醉汉相。不知自何年始,有游山好事者,于乱石中,择一平地,取石垒塔,迭涩而成,低者仅数尺,高者可盈丈,随心设计,动手垒垛,有一次成型者,有半途而废待来人添石补成者,故所建风貌不同,各具特色,迄今林林总总,大小七八座,亦蔚然小塔林。

塔林左侧,有磴道不知几千级,自山脚至山巅,盘曲迴环,萦绕峦谷间。据云,近有乡贤段氏者,布施六万元,为白人岩修此便道,就地取石,稍加规整,迭砌而成。今方来,免却乱石荒草中择路之苦楚,深感段先生功德之无量。拾阶而上,行数百步,已气喘难耐,遂席地而坐,稍息,精神为之回复。下视来时蹬道,皆为林木掩去,惟山谷之右,峭壁雄峙,如屏如障,岩之壁皆马牙、斧劈之皴;岩之巅皆个字、介字之点,岩之侧有巧石旁出,则如折带云头,石畔有奇树二三株,则蟹爪鹿角样,枝头挂叶疏疏,已泛亮红色,甚是醒目,此非童年所钟爱之《芥子园画谱》欤!面对青山,心逸神飞,遂拍照三五张,以记其胜景。

　　歇歇行行，不觉已到"试心石"。其地一峰孤峙，峰之巅有石翼出二三尺，下临无地，隐然有烟岚腾升，若曩游华山升表台之所见，稍作小心探试，不禁股栗心颤，急回旷处，瘫坐石台上，听松涛习习，有顷，心方复平静。传云，当年慧远初入山，身居岩窟，每当皓月当空，打坐石上，几不知东方之放白。后入山参修者，未入山门，先试心石上，以验其诚，献国云此，姑妄听之。

　　文成之子，年方七岁，体健身轻，我等尚在试心石旁，他已捷足先登山寺，面对空谷，高呼朗叫，四山回应，不绝如缕，童声如铃，煞是清越。离试心石，道转平缓，未几，至七星泉，泉在悬崖下，山泉如贯珠下注，滴沥有声，聚水为池，供寺僧食用。转泉侧，登石阶十数级，已入白人岩之本寺。其寺三山环抱，南面开旷，下临深涧，杂树涌起，风来树动，绿波如潮，亦颇壮观。原寺有殿、有阁、有楼、有山门，皆毁，惟东岩之下，立明清碑十数通，草草一读，对山寺之历史，了窥一斑。今新建大殿一座，虽感宏大，然彩绘鲜焕，未经风雨打磨，颇觉刺眼，似跳出白人岩环境，甚不协调。原建残基上，种山药蔬菜，倒也碧绿新鲜。寺之东南侧，靠岩有屋二三间，僧人之居所，厨下有南瓜数个，番茄一盆，亦寺僧手种者，供平时食用。至西岩，壁上镌"白人岩"三个大字，字可盈丈，为明时侍郎万恭所书。复沿西岩而去，经寺僧指点，见有摩崖题刻数则，多已残缺，不能成篇，其中一则，尚且完整，模糊处，以袖揩拂，复见笔画，众人合解，方成其诵："万历八年三月廿四日，钦差总理边关粮储户部主事武成春寰、刘启元同季兵宪、魏参戎同登，偶成一律：

　　　　白人惊胜绝，此日会同游。
　　　　千壑看翔雾，悬岩度白牛。
　　　　摩天僧舍冷，说法石台幽。
　　　　攀蹑耽名迹，临泉欲濯流。

魏廷臣书。

　　山寺东有慧远洞、古南庵诸胜迹。东晋远师在此开净土祖庭，后结茅庐山，三十年，影不离山，迹不入市，弘法布道，利乐有情。三十年前，我游庐山，谒访东林寺，亦遭"文革"大劫，遗恨至今；今值白人岩，亦复如是。欣闻近有志士，欲投巨资恢复白人岩旧观，心中为之一快。古南庵为晚明两位兵部尚书代州张凤翼、孙传庭在此山中读书处，多有题咏。所惜岩前庵下，所设栈道，古木腐朽，垒石坍塌，其胜迹故不能一睹。凡事有机缘乖合，待山寺重辉，再复登临，谒远公之法台，访白谷之棋亭，我这个"雁门常客"，远公同乡，想不会被拒之山门之外吧。

2003年10月5日

代县白人岩道上小憩

赵杲观

与代州赵杲观,结缘亦深,往游不下五六次。印象较深者有四次,特为之简记。

初游,在上世纪七十年代末。老校友任志华时任代县政要,我适代,相偕同游。自代县城至赵家湾公社后,便无大路,遂以步当车,沿河谷至洪寺村,入谷口,细路羊肠,跻力攀登,时值季春,野桃盛开,漫山如雪。至山寺,芍药乍放,夭艳迎人;而山杏始实、状如蚕豆,摘一品尝,奇酸不可竭,始信"望梅止渴"之不谬。山寺殿阁嵯峨,老松龙吟,岩壁挺秀,青霭穿林,真天开之图画。对之出神,不禁技痒,遂理纸染翰,得写生稿数帧。至午时,返公社就餐,莜麦窝一笼,蒸山药一盘,苦苣盈盆,腌菜数碟,皆农家风味,山中一餐,大快朵颐。

归忻,整理画稿,成《赵杲观》一幅,以赠刘建峰同志。刘老作古多年,拙作亦不知流落何处了。

又过十年,忻州地区书法年会在代县召开,会后陪省城书家王朝瑞、田树苌再游赵杲观,二位皆我大学时同窗旧友,相见既欢,偕游一快。然时值岁暮,冰天雪地,行脚山路上,深一脚,浅一脚,雪泥鸿爪,留下数不清的脚窝印痕。虽人手一杖,却不时滑跌,猛摔一跤,引一阵大笑,直惊得枝头积雪溅落。至山寺,但见琼楼玉树,冰雕玉琢,真有点"赤县翻作银世界,青山竞放白梅花"的意境。隆冬雪后,山中虽多诗情画意,然深有高处不胜寒之感觉,也只能聊作薄游,匆匆而返。天台山中,复归沉寂,惟一二只野兔奔去,三两声山鸡长鸣。

　　大约在三四年前,省城书画家十余名,有雁门采风之行,我应邀作陪,此间,三访赵杲观。是时,酷暑正炽,热恼难除,方入山中,清风徐来,暑气尽退,诸同道乐不知疲,徜徉深山古寺,漫步仙阁云梯,谒老僧于石庵,听天籁于崇阿。不觉天色向晚,山鸟归林,牛羊下来。趁暮色,偕晚霞,说笑而返。此行我应东道主之嘱,作《游赵杲观记》一篇,先见诸报端,复收入拙著随笔集。山中景象,述作多详,故本篇遂从略。

　　律吕应化,序入凉秋。日前,有良、献国再次相招,约赏红叶,遂成赵杲观之四游也。轻车熟路,谈笑间,又到山寺,故地数度登临,好景皆为旧识,老松无恙,古殿新辉,面对群峰,层林尽染,白杨摇金,苍松泛翠,栌橡皆红,若胭脂着雨,朱砂新泼,皆张大千手笔。然张氏之山水,又有不及处,此中以气象胜,岂为娟素所能及。一时兴起,成俚句六十四韵,不计工拙,记游而已。

诗云:

> 天台山,赵杲观,我与兹山深结缘。
>
> 数度不倦登临赏,平生岂负好山川。
>
> 代州有友真好客,邀游正值菊花天。
>
> 我来浑忘白露重,所喜霜林红欲燃。
>
> 枫叶如丹呈酒醉,临风摇曳舞翩翩。
>
> 更有黄叶飘然下,恰似金钱如弃捐。
>
> 仄径如带人影稀,空山岑寂绝鸣蝉。
>
> 忽有好鸟相和唱,清音入耳如管弦。
>
> 十里细流喷珠玉,白光明灭水潺湲。
>
> 一声长唳半空落,却见苍隼正腾骞。

惊起山鸡扑剌飞，坦然涧水丁东悬。

复闻钟磬声迢递，幽韵清绝空谷传。

好景层出无长路，峰迴山寺现岩前。

红墙黛瓦如挂壁，怪石狮蹲鸟道边。

长松老杏互低昂，锦石苔花相映妍。

有鸠有鹊立高甍，间关不解也可怜。

僧院雨荒重陶菊，殿堂香篆涌金莲。

摩挲古碑不可读，字若屿嵝满苔藓。

仰望仙阁临上界，白云过尽生青烟。

巉岩欲坠不可攀，天梯铁链相钩连。

赵州不到登高处，到此亦可证真诠。

访罢北庵谒南庵，南庵石室小如船。

一僧向阳补破衲，一僧面壁如雕镌。

知客献茶献梨栗，终谈俗事不解禅。

我坐僧榻悃欲睡，榻冷如铁岂成眠。

与僧共话机锋健，长日苦短岁时迁。

不觉晚霞烧红叶，日如铜钲已西偏。

欲去不得留片刻，老僧索字呈素笺。

须臾笔墨陈香案，勉题一偈字狂颠。

方丈合十念弥陀，老夫献拙亦欣然。

今我白头无藉在，唯与山水相周旋。

再约明年山寺宿，更待皓月向人圆。

2003年10月5日

伞盖寺

欲游伞盖寺,久未能成行。今秋看又过,恐又成泡影。忽一日,如意见告:"明日,亮才、亮贤邀游桃桃山,愿能同往。"此言正合我意,岂不快哉!

翌日,偕诸同仁,出忻州,向南行五十里,至庄磨镇,又五里到连寺沟。过山村,四野茫茫,沟壑纵横,一条新开大路,盘曲于阡陌之间。路甚逼仄,仅容一车而过。车行未几,止翠岩山停车场。眼前一岗隆起,重建龙王庙,雄踞其上。岗脚土坡遍植红蓼、万寿菊,甚是醒目。庙西南诸峰,苍松覆盖,略无阙处。望之蔚然深秀,远翠稠迭,故曰翠岩;诸峰峦又状若仙桃,遂有桃桃山之俗称。入龙王庙院,闻有金石音,传于屋角,寻声而去,见一青年石匠,神情专注,镌刻石碑,上刊建庙之功德者,芳名以布施多少而前后排列。此庙列于峰巅,似无丘壑可言,借他山映衬,遂成景致。造园有借景之说,山水佳处,也复如是。

出庙,沿山墙而北下,山之脚一溪北流,上建石拱桥一孔,名曰铁㯠桥,传为唐建,上有明嘉靖四十二年(1563年)重修题记一则,桥长可三丈,阔约六七尺,桥之栏板,施以浮雕,鞍马人物,雄狮猛兽,备极生动,而石拱之券口上,有一鱼身人面之飞天,造型尤为绝伦,可谓艺术珍品,文物精华。奈何桥梁多年失修,破损严重,且一栏板倒卧在地,若不尽快修葺,妥善保护,深恐古建坍塌,文物被盗。

　　过铁樑桥,沿陡坡而上,至北岗之巅,但见岗峦平旷,黄茅尺余,荒草寒烟中,乱碑扑道,龟趺倒置,古建荡然无存,惟残基断瓦,历历在眼。其所欣者,有二古松,历劫磨难,幸免斤斧,挺然岗头,夭矫有致,若龙翔凤翥,伞盖如云。其时也,山风突起,松涛乍兴,忽忆王维"软草承趺座,长松响梵音"之句,仿佛此间之境界。想当年,山寺庄严,松阴匝地,老僧出入,游人往还,钟磬声幽,僧俗共乐,极一时之盛也。而今,古松之下,新建一殿,规模颇感宏大,工程虽未完成,却开重建之端倪,借发展旅游事业之机缘,料山寺重辉,时或不远。

　　离北岗。沿右坡而下,至半山,有圆通阁,仅一间,颇卑小,内塑观音一尊,亦感粗丑,不免唐突菩萨。阁后有泉,旱年不竭,引入殿内观音瓶中,瓶稍倾,水下注,若甘露洒落。此设计,颇具匠心。

　　至谷底,又一古松,粗可合抱。高约六丈,于坛台之上,孤标独立,直薄云天。其树冠更如伞盖,撑持半空中,为千百人挡雨遮阳,绰有余焉,真奇观也,岂可无记。山雨欲来,寒气袭人,匆匆离山寺而返州城。

金洞寺

　　金秋十月,画家杨晓龙自驾车邀游金洞寺。寺在忻州市西北二十公里处的西呼延村。一路稼禾满眼,落叶飘金,秋光灿烂;间有蔬菜盈畦,尚觉绿英缤纷,生机无限。谈笑间,车抵西呼延村外,金洞寺已入望中。龙山脚下,山寺拥起,高甍飞檐,昂藏起伏,朱墙黛瓦,丛树掩映,古寺在秋阳朗照下,好一幅妙笔丹青。

　　山寺,无僧无尼,亦无香客;无钟磬声,亦无木鱼声;无诵经声,亦无祈祷声。有杂树,有花木,有椿有楸,有松有柏,然最多的则为枣树,有牙枣、有酸枣,高矮聚散,妙有余姿。台阶下,石缝中,枝干上,有牵牛,有黄菊,有星星点点的野花;有金黄的,有雪青的,有银白泛光的,有浓紫欲滴的,丛丛簇簇,各具色相,煞是喜人。置身寺院中,幽极静极,有野趣,有禅意,而无些许的尘俗气、市井气。入眼的是蜂蝶的飞舞,入耳的是秋虫的鸣唱。

　　寺不大,依山就势,有祖师殿、文殊殿、普贤殿、三教殿等,虽不规整,倒也别致,移步换形,颇感有别于一般寺院以中轴为线,前后布局,左右对称的模式。其中以祖师殿最为古老,为北宋元祐间遗物。虽经近千年历劫,能屹然屹立,雄风犹在,其构架之精巧,形制之独特,为不懂古建如我者,立于殿中,上下打量,仔细观摩,终未能窥见其奥秘之万一。金洞寺被列为省级文物保护单位,舍此殿而谁欤!祖师殿,俗称转角殿,殿外屋檐下有碑记一通，为新立，未及细读也。

三教殿，在十年浩劫中，生产队曾辟为牲口圈，其破坏程度，可想而知，殿内墙壁上，古老壁画早已不复存在，却留下了孩童的图画，人物、鞍马、速写素描，皆极生动有趣。据说作画的孩子，早年随母亲住进了金洞寺，寺内的雕塑、壁画、彩绘等艺术品，在他细小的心灵中，产生了浓厚的兴趣，便不时地描摹起寺院图画来。因家穷，没有更多的纸张满足孩子的需求，便在作为马厩的墙壁上，留下了他幼年的习作。这孩子走出寺院后，一直不能舍弃他对图画的情结，便走上了学习美术的道路，以至后来成为了一位画家。他不是别人，他正是陪同我游览金洞寺的杨晓龙。

晓龙的画，看过不少，却不知他是从龙山脚下走出的画家，难怪他画的一幅"金洞寺"的山水画，是那么的精彩。我今天方解个中缘由，那是饱含着感情的笔墨，那是乡恋的自然流露，它怎能不生动感人呢。

来到了金洞寺，晓龙自然是回到了家园。这里的一切，他是再熟悉不过了，作起导游来，自然如数家珍，了无障碍。

对诸殿宇巡礼后，见枣树高枝上悬挂的果实，在阳光映照下，红如玛瑙，临风摇曳，实在是诱人的。晓龙善解人意，便持一长竿爬上屋脊，为我们扑打那挂在高枝的红枣儿。一时间，枣子枣叶纷纷坠落，簌簌有声，颇有点"簌簌衣巾落枣花"的通感呢。红枣满地滚动，我便蹲了下来，捡选那光洁的灵枣，也不擦洗，顺手送入口中，那酸甜的滋味，也着实是生津可口。就是枣叶落满衣襟，枣子打在脸上，也觉得兴味无穷，似乎又回到了童年的时代。

西呼延的红薯，在忻州算是出了名的农产品，以致附近村民进城卖红薯，多冠以西呼延的名号，假是假了，然质量却也相去无几,比之于市场上那些坑人害人的假冒伪劣商品、药物,当不能同日而语。游完金洞寺,就近到寺门前的地头,买点新出土的地道的西呼延红薯,带回去尝尝鲜。此行自然是既饱眼福,又饱口福的。同行者杨文成,时 2004 年 10 月 17 日下午。

忻州金洞寺枣园

土圣寺

　　少年时,便知有土圣寺庙会,为崞县四大古会之一,其地离吾故家仅四五里,却未曾往也,小有遗憾。弹指五十年过去,忽发兴往游,以偿夙愿。

　　时维甲申,秋初节令,雨过天霁,晓阳初露,趁晨风,偕如意、文成出忻州城,西北而去,取道加禾、奇村、辛庄、唐林而至北云中河南岸,因连日降雨,河水猛涨,洪峰激浪,奔腾而下。水急浪高,车不得过。中途遇阻,我意待水退择日再来,如意却驾车绕道而行,过杨胡,方觅一桥,顺利而过,已入原平界,经刘庄、卫村而水油沟,一路泥泞,奇滑难行,村之巷陌,更感差甚。车行泥窝中,滑来荡去,人坐车上,前仰后翻,此行也,辛苦之极。至水油沟,已入中午时分,山村白杨瓦舍,深巷人家,鸡鸣于树,驴行于途,炊烟起于屋顶,人语传至田畴。和平、宁静、自然、淳朴之民生,于此已窥一斑了。

　　车过水油沟,深入里许,便抵土圣寺。寺建高埠之上,四山环抱,中起冈陵,裹以杂树,有松、柏、榆、槐之属,乔木之下,芳草芊芊,绿扑眉宇。丛树间,石磴自高岗垂下,若天梯然。拾阶而上,不禁气喘吁吁,且登且歇,额头上竟沁出汗珠,至顶小坐,气息方舒。仰视南楼三楹,高阁凌空,檐角翼然,颇有破空飞腾之感。楼下寺门紧闭,扣之再三,内无回应,遂循西路而行。寺之右,有侧门开启,便步入寺院,转过回廊曲槛,见正殿,高踞月台之上,乃新近重建之大雄宝殿。左右配殿下,檐廊回互,碑碣比列,除数通明清文物外,皆近刊建殿功德主之芳名。殿之东侧有工人十数位,正在复建伽蓝殿,深古寺中,时闻木匠砍锛之声。

寺之西,有山泉,汩汩而涌出,不舍昼夜,故土圣寺又名灵泉寺。泉溢而为溪,由西而东流,蜿蜒寺门前。溪之上,建小桥,以素木迭架,质朴而坚实,名曰度仙桥。桥之下,细流涓涓,泠泠然,有琴瑟之声韵。夹岸,秋桐老桧,蔓草长藤,时值亭午,日光下,筛影斑驳,掩映小溪石壁上,绿苔初醒,幽意不绝。忽见丛树间,有松鼠一尾,小立石上,闻有声息,腾挪跳跃,往来倏忽,瞬息中,不见踪迹。又有喜鹊、斑鸠、戴胜亦时相上下,和鸣幽谷。又闻草丛中,鸣虫唧唧,时方处暑,已见秋意之端倪。

寺阶之下,东南侧,有密檐砖塔一座,角八层,其形丰硕壮伟,为金泰和年间遗物,其砖饰,有人物、走兽、花卉,镌刻亦极粗犷健美,是不可多得之金代艺术品。

与寺僧共话,知该寺历史悠久,往昔每年旧历四月初七有庙会,为附近之阎庄、白水、卫村、麻港、串道、南庄头、魏家庄七村共同发起,轮流执办。祈赛之日,远近民众,咸来游弋,一时间,山谷沸腾,游人如织,欢笑声、叫卖声、锣鼓声、戏曲声,此起彼伏,交相呼应;进香者,还愿者,络绎不绝;香篆缭绕,彩幡飘扬,那该是何等的热闹、何等的景象呢?今方来游旅者,仅我等三人而已,山中之岑寂,即蜂蝶之喧唱,犹可嗡嗡入耳,此仍土圣寺另一境界也。

寺之东,有山隆起,若立柱擎天。山之巅建钟楼一区,望之似仙山楼阁,遂寻小道望楼阁而来,至极顶,见钟楼破败,门栏毁弃,瓦砾满地,楼板全无,楼梯腰折,钟虽悬,而绝响久矣。"土圣晚钟",为吾县八景之一,成广陵散曲,不禁感叹:何日钟声破寂寥,我将洗耳以待之。

2004年9月5日

安国寺

甲申四月下旬,应友朋之邀请,赴吕梁参加书画笔会。会毕诸同道大都公务在身,工作忙碌,便匆匆而返;我与同窗老友亢佐田,皆退休赋闲,遂留访安国寺。此正数年前拙书东坡句以赠佐田条幅云:"何夜无月,何处无竹柏,但少闲人如吾两人者耳。"

在主人陪同下,分乘小车二辆,出离石市,西去十数里而转北向,渐见山寺石牌坊,立岗峦之上,古朴典雅,风致高标。小车沿新开道路驶去,从牌坊侧倏忽而过,入观音阁,戛然停于"听月泉"旁。泉在山寺西北角,高岩之下,一泓如碧。观之,清澈见底,品之清凉爽口,然"月"何以"听",思之不解。忽见岩下悬露如珠,久之下落,悠然如滴漏下注铜壶,砰然有金石清韵。遥想往昔在山之僧侣或住寺之骚人,待月出东山之上,晚步于清泉之侧,见影沉碧水之中,或新月如钩,或满月如璧,则是何等的景致。忽悬泉下坠,月影散乱,波纹如绘;而清音叮咚,山石共鸣,此非"听月泉"之由来乎?我强作解人,不知后来者以为然否?

山寺地处乌崖山谷,若"凡"字一点处,西、北、东三面为高山大岭,南面为深谷巨壑。寺之东北角南向设小门,入寺,正面为大雄宝殿,明建,气宇轩昂,古风犹存;廊下,碑碣林立,皆明清时物,唯殿前阶旁有石雕动物四件,径可方尺,造型极为生动别致,寺僧言为唐时遗物,甚可宝也。大殿月台下,建一铜塔楼,塔去楼空,遂不复登临。立于石阶之上,南望松柏填壑,绿满幽谷,山风时来,松涛阵阵,碧波涌起,心逸神飞。

寺院西厢有怯卢殿,仅一间,亦为明建,塑像在十年浩劫中被毁,未能一观驴唇仙人之形状,徒增叹息,所幸墙面壁画在"文革"中,以泥浆涂抹,免遭荼毒,今见部分壁画,已加清洗,重见天日,可喜可贺也。

寺之东,有于清端祠堂,寺之外东北角有于成龙读书楼。于于山,何等人也,一说是"天下廉吏第一";一说"他屡用欺骗和武力相结合的手段镇压人民",众说纷纭,莫衷一是,这令我大为糊涂。"历史"难道就能这么写?各取所需,为我所用,悲夫哀哉!

寺后,别有洞天,穿"莱公别墅"门,则为另一境界,乱石荒草中,有丰泉,有拱桥,登上半山石道,悬崖峭壁之下,石磴窑洞十数孔,虽门窗不存,炉灶灰冷,然往昔之风采却依稀可见。岩头翠柏交柯,古柏间,一塔亭亭玉立东岩之上;西岩下,丁香一丛,紫花怒放,其香甚炽,蜂蝶嗡嗡然,往来其间;又闻鸟音嘹亮,决眦寻声,见鸟度蓝天,瞬间而逝。留连柏阴之下,愈觉山之幽,日之静,气之舒,神之畅,不觉天色向晚,依依下山,回望暮色笼罩下的这处国家文物保护单位安国寺,殿阁嵯峨,古树迷离,脑海中幻化出更加神秘的感受来。

2004年5月1日

柏窊山

尝读《霜红龛集》，知傅山先生于六十八岁与六十九岁时曾小住柏窊山，有诗为证，印象颇深。今既于役离石，亦复乘兴一游。

山在中阳县，东去县城十里，路之北，有磴道垂天，若泰山十八盘也。磴尽，有石坊挺然嵌空，坊之后，蔚然而深秀者，柏窊山也。未踏石阶，心生怯弱，何时方能登得上。正畏难之际，车已绕过磴道山脚，从路侧拐折而上，直抵山腰广处。山下所见之牌坊已退避低处矣。

柏窊之胜，窃谓有三：一曰树，二曰泉，三曰石。柏窊者，窊处屯柏之谓也。其实，这柏窊山，窊隆高下，无处无柏。这柏，低者裹地，高者参天，细者似拔地初生，粗者数人方可合抱，奇者连理，怪者倚石，森森然一本万殊，不可名状。柏之余，又有古槐崔嵬，老松盘空，皆两千年以上树龄。盘桓其下，听柏子瑟瑟，松涛阵阵，看槐阴筛地，绿色鉴人。松柏之中，道观比列，仙阁连云，得似大小李将军青绿山水之粉本。

真武庙前，龙泉观中，有井一口，深可数尺。外架雕栏，小巧玲珑。诸同游围小圆桌方落座，有人从井中汲水一小桶，分杯而饮，清冽流滑，直沁肝脾，游山之疲劳，为之一解。起视龙泉，见有径寸塑料管直插井中，抽水不辍，以为纯天然矿泉水，输入厂房，加工为桶装，以汽车源源而外运。此泉虽为圣水龙泉，却非山间之明月，也非岭上之清风，岂能取之无尽，用之不竭。龙泉犹大地之乳汁,昼夜吸吮,终则干枯,不独灵泉不灵,圣井无水,还将殃及山林草木,柏崿山将无柏可见。世间宝藏,岂可掠夺无度,今无节制,祸及千年,取水诸君当醒之慎之。

离龙泉观,到介石山房。路之畔,一巨石倚山而立,其巧天成,形如"介"字,左右为壁,人字为顶,前嵌小窗,旁启矮门。入室,见屋如小舟,有土炕,有石灶,居二人绰然有余。想当年,傅山先生偕友人、子孙,来游于此,曾得句云:

> 俯披绿影入,石房殊不凉。
>
> 坐久神气和,贪看有蒙庄。
>
> 林丘之所善,先令静慧长。
>
> 磊砢出蒨蒨,可以弄文章。

老人小坐山房之中,又是何等的惬意。

过三官殿,三清殿,西向而行,见碑亭一座,内峙傅山不规则诗碑一通,碑之字,粗肥臃肿,俗已入骨,绝非傅山之手迹;而碑阴有题记云:"甲寅八月,同胡季子过吾玉介石山房,宿龙泉道靖。真山题,孙莲苏侍。"此题记行楷兼书,极为健美,拍照一张,以为存念。亭前白皮松一株,妖娇可爱,青主过此,必扶孤松而啸咏,更得此瑰丽篇章:

> 前崿多茂柏,后崿多松林。
>
> 既无樵苏扰,亦鲜腥荤寻。
>
> 高步取微径,香绿滴素襟。
>
> 大石任坐卧,古藓天花茵。

就中"既无樵苏扰",聊聊五字,得窥这柏崿山在三百多年前就封山禁牧了,才留得今天眼前这一片苍翠。

2004 年 5 月 1 日

游驼梁记

　　近闻五台县东北隅,与河北省交界处有驼梁山,号称"燕赵第一峰",心向往之。日前,幸有文友相邀,遂成行。

　　夏至前二日,晨六时许,车发忻州,乘凉风经定襄而五台县城,时方七点,草草就早点。餐毕,复前行,穿阁道,过茹湖,经石盆洞,而河口、高洪口、耿镇、松岩口,九点过门限石,北行方十里,至狐峪口,车转东向入山,河谷坡田,乱石丛树;茅屋人家,山渐逼仄,路转陡峭,而景愈出愈奇。按节令,立夏已过月半,这里却是山花烂漫,白色、紫色的丁香,黄色、红色的玫瑰,在白桦、山柳的映衬下,分外的亮丽。馥郁的花香,迷漫四野,招来了无数的蜂蝶,嗡嗡喧闹。而山桃和野杏,残花尽落,毛果初露,望着也令人齿酸而渴止呢。

　　山迴路转,林木又为之一变,丁香、玫瑰已难寻觅,而白桦、红桦则渐次增多,一层层桦皮,似裹在腰肢上得体的筒裙,临风摇曳,修姿绰约,无些许的尘俗气。而山柳和野榆,则比肩向天,生机勃发,或老干壮实,或新叶潇洒,虚虚实实,苍苍茫茫,满山的翠绿,满山的水气,置身其间,通体清凉,那山下的炎暑和尘世的喧嚣,早已忘却尽了。

　　车到柴树林(山村名),不复有路,便停靠在一片临时铲出的小小的停车场。这小村仅有八九户人家,东倒西歪的老屋搭建在石垒的高台上,屋主人已搬迁到山下。这里临时住着几位接待游客的山民，他们从高高的石台阶上走上走下，端茶、送水、卖鸡蛋，不时地吆喝上一两声，招揽着生意。重山峻岭之间，有几间小屋，高台石径，小溪清流，野花杂树，望之，俨然黄宾虹先生笔下的山水画。奈何在此不能久留，否则，虽拙笔，也能将此景致收入绢素的。

过柴树林，车不能行，只得乘驮骡上山，同行者分乘十五匹坐骑，一溜儿在陡曲的山路上行进。其实山上本没有路，是雨后山洪冲涮的小道儿，间或由行人和骡马踏出的脚窝，加上古木逸出的横根，内中又积淀了一些松针，骡马行进其中，深一脚，浅一脚，甚是吃力。难怪这些牲灵走着走着，便停下来歇歇脚。人骑在骡马背上，也不轻松，一手紧抓马鞍，一手紧牵缰绳，双脚牢牢地踏在马镫里，两腿紧贴着骡马的肚皮，生怕从背上溜下来。其实，这都是未习惯乘骑的原因和由此而生发的紧张心态。赶骡人说："稳着哩！放松了骑，掉不下来。"随着和赶骡人的攀谈，又听着头骡"哗啦、哗啦"的铃当声，心慢慢地松弛了下来，才忽然发现，这竟是一条美妙的小径呢。

一片无边的落叶松林。林木有如将军布阵，战士比列，雄姿英武，气势轩昂。那松树，一根根笔直的主干儿，直逼蓝天白云，枝条横迈，交柯连理，针叶儿密密麻麻，缀满枝头。翠色满眼，清香扑鼻。仰望高天，缝隙间，见云卷云舒，闲适自然。

下视碧草，阳光从林隙间筛落地面，条条缕缕，星星点点，阴阳返照，光彩动人。忽有人语，穿林而过。正有王维诗"空山不见人，但闻人语声，返景入深林，复照青苔上"之妙境。于此境地，能不服膺古人观察之细微，炼句之精审，写景状物之出神入化。

行五里许，出松林，抵梁顶。见有二山包，分列东西，状若双峰驼，故名驼梁山。立西峰之上，东南望平山县，群山环抱中，有路若带状,在山谷间逶迤而来;东瞰阜平、灵寿,奇峰挺拔,云遮雾罩,虚无飘渺,若有神仙居宅;东北远眺涞源,高岭巨壑,岩石壁垒,气象横大,似太古洪荒,疑有虎豹出没,而人迹罕至焉;西北望,则为我等乘骑登山之路,漫山翠碧林莽,似无路径可寻。近观驼梁峰脚,东南二侧壁立,下临无地;西则漫坡而下,舒缓起伏,唯北坡,碧草如茵,杂花点缀,观之心醉,美不胜收。诸如"取灯儿花",长柄红头,呈二三寸圆盘,如满月朗照;"吊金钟",花色深紫,玲珑剔透;又有花者,不知其名,状若大花蕙兰,翠叶纷披,花姿秀美;又有花,亦不知其名,状若"虞美人"者,细梗修长,花色嫩黄,形如酒盅,或可谓"佛钵花",元遗山有句云:"蜀锦惊看佛钵花";而在这众花中,最为引人注目的则是"金莲花",瓣如小荷,初放大有寸余,色如赤金,灿灿耀目,嗅之,其香清且淡,似有若无。此花俯拾皆是,丛丛簇簇,盈坡夹道,正所谓"随步得金莲"者也。我们在草地的缝隙间,小心翼翼地行走,深恐践踏了这些水灵灵的百草千花,赶骡人却说:"放心走吧,不妨事,今日踏倒的花草,经一夜的露水,明天来看,又是支支棱棱。"

在草地上,远望坡头放青的牛马,小马在撒欢,小牛在哞叫,宁静之中,充满了生机。而东峰之东的几块巧石,造化自然神奇,妙成灵龟之状。曳尾伸头,忘却寒暑,面对云海,石动山移,名为"探海灵龟",似无不可。

在山间赏玩中,有主人招呼午饭,看看表,时已过午,却不觉饥饿,这正是有秀色可餐,便忘却了肠胃的需求。山头有临时建的帐篷小屋,可住可食。篷内有桌子三五张,板凳数十个,方落座,山蘑野蔬,鸡蛋,豆腐,黄瓜,榨菜,杂然而陈。啤酒,白酒,随意而饮。酒过三杯,吃刀削面一碗,喝面汤一勺。山顶一餐,虽不能说丰盛,却感兴味无穷。餐毕,再入草地小憩,凉风乍过,云

影当头,清凉境界,我今得之,幸甚! 幸甚! 此行也,于松林得幽
邃,于梁峰得旷放,于草坡得野逸,一言以蔽之:"爽。"

2005年8月10日

五台山驼梁峰道上

登老松台记

　　昔居定襄县城,应文友之约,南游七岩山,至谷口,两山夹峙,一溪中流。溪之东,峰峦起伏,自仇犹迤逦而来,遂转南向,为之岭;溪之西,有山,曰老松台,巉岩峭壁,直薄天际。峰之颠,有垒石之台,僧居焉。台之下,有长松数株,盘空擎云,激荡风雷,历千年而不衰,此"老松台"之由来也。台之西南,有魁星阁,高耸挺秀,若文笔塔,每值天晴雨霁,花朝月下,十数里外,可见其倩影也。故县人以"文光高北斗,佳气满南山"赞其胜。

　　如此佳丽之区,不闻有往游者。询之向导,言此老松台,自山麓至岭头,虽有鸟道可循,惜山中牧竖及乡里儿童,曾因登山而丧命,后不复有攀登者。闻此骇然,登山之念,为之顿灭。

　　此二十年前往事了。今夏晨起散步,遇任复兴兄,每谈七岩山故事,山中民俗逸事,魏齐造像题记,新近发现之雕塑,并以其述作复印件见赠,然后相邀重游七岩山,我诺以应。复兴兄,定襄留晖人氏,七岩山乃家山也,故知之细,感情深,对其乡邦文献,又爱之切,探之邃。在其记者生涯中,尤以研究徐继畲而著称,自学英语,翻译美国学者德雷克所著《徐继畲及其瀛环志略》,主编了《徐继畲与东西方文化交流》……对徐氏之学术思想之研究与乡贤之评价与宣传,可谓硕果累累,功莫大焉,此诚七岩山之钟灵毓秀者也。

　　某日晨起,复兴兄及夫人张鲜花女士接我由忻往七岩山,经道定襄城,早有张、马二君在路边迎候着,遂登车作导游。

车抵七岩谷口,下车小憩,复兴兄忽道:

"时甫七点,天正凉爽,腰脚尚健,不妨先登老松台。"我仰对层峦迭嶂,面有难色,随口道:

"原拟重访七岩山,竟改一登老松台?"

复兴见状复言:"山虽高,今有通衢大道,直达窑头村,从窑头至老松台,不过几里路程,不会累,况有尔朱荣摩崖碑等着你。"

张女士见我不置可否,也插言道:"我一女流,尚有勇气,堂堂须眉,岂能知难而退,快上车!"

在大家的说项下,我便成了上钩之鱼,开始盘旋在那老松台的"之"字拐公路上。

虽是一条通车已久的公路,然路甚窄,坡颇陡,拐多急。我从车窗中望去,每因道路险绝,下临无地,心怦怦然,每一颠簸,或急煞车,皆有人呼叫,遂下车徒步,似乎轻松许多。行到险处,深悔让那"北魏刻石"赚上山来,事已至此,也无可奈何。好在入山愈深,路渐转平,悬崖绝巘渐减弱,含在口中之心方慢慢落肚,同车诸君,复多言笑。转过一大弯,窑头村在望,老松台由峪口的南山,转而成为窑头村的北山了。峰峦破目而来,较峪口所见之老松台,却低了许多。

车至窑头村前一阔地,嘎然而停,同行诸君共进早点,乃张女士为大家准备的鸡蛋、面包、小菜及矿泉水。

八点半,徒步登山,须穿窑头村街而过,但见断壁残垣,不闻鸡鸣狗吠,村人罕遇,十室九迁。村中有戏台三楹,颇卑小,台前有旷地一区,容百八十人可也。旷地北有神庭,亦破败不堪,院落中,一汉白玉石碑,甚阔大,扑地而卧,碑阳向下,文字不复可见,碑侧有云纹图案,似不俗。此碑当明清遗物,不知当年如何运上山来,想必费了大气力。一个偌大的村落,竟十室九空,一派苍凉沉寂的感觉。于村头,遇一翁拄杖墙下,询其村民外迁原因,答曰:人不敬天,天不佑人。我破释其义,"不敬","违反、破坏"之谓也,"天","自然规律"、"生态环境"之谓也。砍伐山林,践踏植被,以致山体滑坡,风沙肆虐,水源枯竭,土地荒芜,人不他往,何以生息繁衍,故尔背井离乡,择地而迁栖。

离窑头,东向而行,沿山腰仄道攀升,行脚三四里,忽见一巨石,屹立岩畔,仰头而观,正此行所寻之摩崖魏碑也。碑高九尺,宽可四尺,距地沿有丈余,目力尽处,碑字不能得其一二,惟碑文界格历历可辨。据牛诚修《定襄金石考》云:"磨崖碑峭壁上,并未显著于世,搭架高二丈余,洗刷三日,始得拓之。适风雨连日,拓两纸而止。十四年四月,又拓两纸。字迹模糊,研玩数月,文意稍有端倪,而年代及撰书人不明。今以碑文可辨者考之,当是元魏时物。隶书书法整劲,文笔亦有家法……"同行者张尚瑶君见告,几年前,他也组织员工,搭架捶拓,奈何山风茫荡,仅得拓片两份而已,拓片今存定襄河边民俗博物馆。

于碑前小坐,谈牛诚修访碑韵事、定襄金石考、元魏故实、尔朱荣居秀容川……虽闻说甚细,然未能一读碑文,犹雾中观花,仅朦胧之状,自难得真形也。他日有暇,当一访拓片而研习之。

摩崖碑已拜观,望老松台,尚在木末云天,何时能上得去?马君云:只五六里路程,多则一小时,便可登得。复兴夫妇,游兴不减,已起步而行。自此,我不愿扫诸君兴,遂勉力上路,自东南沿岭脊而西北去。自岭表南面,峭壁嶙峋,不敢下视;北坡则缓甚,朴榆、顽槿,夹道丛簇,刺藜、玫瑰,争芳斗艳。张女士五十开外,穿一袭红旗袍,颇为亮丽,体微胖,尚有病,能在这高岭曲径上履险而行,委实是让人折服的;而复兴兄早已气喘吁吁,汗流浃背了。

行行歇歇,足踏实地,过时许,终于登得老松台。有所谓"千里之行,始于足下",世间的事,看似艰难,只要有心并付出辛苦,付诸实施,预期的目的当可达到的。

老松台顶,坦而旷,正北为山下所见之垒石云台,下为石磴之僧庐,窑洞式。僧去庐空,正殿三门五孔,西梢间已坍塌,东西配殿,也仅留一间,迭石山门也岌岌可危,人过其下,心突突然。僧院杂草丛生,乱石当道,同游诸君,于荫凉处,席地而坐,分食马君所携之香瓜,香甜可口,此山下不起眼之物,在山顶却成难得之佳果。

升云台,北望牧马如带,平畴千里,烟树苍茫中,瓦舍森然,行人如蚁;南望则群山迭架,高路入云,关山如铸,气势恢宏。台下古松,却遍觅不得,询之左右,言几年前,已遭斧劫。上山时,曾见光绪年间禁山刻石,乡民视而不见,置若罔闻。松已不存,老松台,徒具虚名矣,能不令人慨叹。

寺之西南数百步,正魁星阁,青石所筑,颇完整。又南数百步,有老屋三间,传为东魏任城王拓跋庆隐居于此,故老松台一名居士山。又传唐王维兄弟登此山读书,邀明月而共影,抚虬松而盘桓,其景况,不让渊明之风仪。

我坐绝顶,看浮云而幻化,听蜂蝶之喧唱,若有所思,又无所思,不觉时已过午入未,诸君亦登临兴尽,遂循原路而返。

至七岩山口,又匆匆溯溪入山。访千佛殿,摩挲东魏大代天平三年灵光寺造像碑,至磨笄洞,读宋《娘子神》记,至回光窟左崖,寻《广武令赵郎奴造像》之石刻,已山崩石堕,巨石倒卧山麓之斜坡上,造像头面,多破损,不知是山崩时被碰残,抑或是人为窃去,面目已非昔时所见者,所幸文字题记尚完好,"大齐天保七年九月"等字样清新洒脱,其书法似民间之笔迹,然松放自然,时见小爨、灵庙之意趣。又于东崖一石窟中,得见新近出土卧佛一躯,但见六尺之石雕,侧身而卧,右臂虽残,曲枕头下,左臂顺身躯休于身侧,体态丰满,衣著简古,双目闭而安详,鼻翼张若呼吸,螺髻突起,面颊圆润,一派唐塑之风格,诚艺术之精品。山寺僧人正赶制护栏以防盗贼。于卧佛,虽有碍观瞻,从安全计,却是十分及时和必要的。至于地方政府和文物部门,对山中瑰宝可曾认真对待或予以关注?

甫出山,复兴兄问我:"此行如何?"

"登老松台,入君觳中矣!"任大笑不禁。我复正色道:

"此行不悔,一试腰脚,不让诸君;二开眼界,收获匪浅。惟山中造像,魏齐刻石,可得妥善保护?文物古迹,可得永放光华?心中疑念,驱之不去,竟成心疾,兄当为我延医!"时辛巳六月廿七日。

附记:至老松台归月余,复于友人处幸见摩崖拓片,虽碑字十之七八不可读,然尚有三五处字迹清晰可诵,其书法严整朴茂,犹存汉隶意蕴。魏齐之隶书,多在隶楷之间,且甚随意,若法度谨严似此刻者,尚不多见,故当宝之也。

2001年8月

初夏游狮垴山记

山西阳泉有座狮垴山,前山陡峭,后山幽深。

丙戌初夏,应友朋之邀,往狮垴山游览。同游者,祝涛、汪伊虹夫妇,亢佐田、贺明月夫妇,我和内子石效英及陪同我们的阳泉画家宫来祥与夫人。

时细雨霏霏,凉意可人。我们分乘小车两辆,取道后山石板路,缓缓而行。山多榆槐之属,间有杂花缤纷,芳草铺陈,浓绿满眼,云气凄迷。极目远望,峰峦起伏,高下有致,呈现出一派米家山水的意境,足令人赏心悦目、尘嚣顿忘。山行十数里,左拐右折,回环攀升,榆槐渐少,松桧拥出,山色由浓绿而转苍翠,又一境界也。行进间,忽有冷香飘入车内,仔细品察,并非松脂之气息,遂引颈窗外,见松下有野刺梅三五株,丛丛簇簇,繁花竞放,如雪盈枝,始知香自野刺梅而来,清清细细,不绝如缕。

车停后山极顶,乔松也复少见,偶见之,亦在地平线下,仅现木末而已。满山所见者,尽为野刺梅,方可数十里,溢溢漾漾,放眼皆白,似梨花催春,但梨花实无如此的恢弘密集;似白雪夜降,然白雪又怎有如此的幽香浮动?月前曾有苏州之行,往访邓尉"香雪海",花期早过,看看遍山的梅树,尝尝酸甚的梅子,不独领略了"望梅止渴"的真谛,也从"香雪海"三字中约略窥探了梅花开放时的清趣。没想到,如今身临狮垴山,竟意外邂逅了野刺梅盛开的景象。想那邓尉的梅花,或许还没有这狮垴山野刺梅的声势和气派呢！邓尉的梅花,是经过康熙和乾隆品题的,更有不少文人雅士咏赞之,自然是名闻遐迩。细想那里的梅花,怕未必有这野刺梅的野逸和清纯吧！

在路边,我就近小心翼翼地扶起一枝野刺梅花,深恐抖落那花瓣中的露珠。那花浅浅淡淡地黄,远远看去,却是一片雪白。那花须井然有序地四散开来,每根花须的顶端都顶着一颗粉粒儿,颤悠悠的,实在生动;枝干上,名副其实地长着不少荆刺,而且尖利得很,似乎不愿意接受人和动物、尤其是食草动物的亲近——这便是它的傲骨了。它不需要达官贵人的品题,隐居高山,得天地之灵气,吮雨露之精华,花开了,满山高洁,幽香盈谷;花谢了,便结出蚕豆大小的果儿,形似小石榴,一到秋天就变得殷红殷红的。我想,秋天的狮垴山,又该是何等地璀璨呢。

在这北国五月的"香雪海"中,同游们尽情摄影留念,而我则为这广阔无际的"香雪"惊呆了,平日所记的诗词竟被这胜景挤压得一句得体的也想不出来,抑或那些传世的名句也不能曲尽其妙吧。小雨不知什么时候停息了,山谷间云团游弋,云团与花团亲近着、依偎着,渐渐竟难分你我。

眷眷地离开花海,我们乘车到达前山的百团大战纪念馆,馆外有碑高耸,形如一把锋利的刺刀。在馆内,同行们面对图版,仔细聆听工作人员的讲解,当年那金戈铁马的鏖战和惊天动地的厮杀,似乎是发生在昨日的事情。是无数先烈的浴血奋战才换来了今日的和平与宁静,我们应当倍加珍惜。

出馆,俯视前岩,便可看到我们昨日下午茗饮的"三和茶社",那也是一处值得光顾的地方。茶社坐落在狮垴山半山稍阔的岩畔,依山而筑,条石垒叠,形似碉堡,与山岩浑然一体,质朴厚重,古趣益然。茶室内,宽敞豁亮,窗明几净,但见茶烟蒸腾,时闻琴声舒缓。立于落地大玻璃窗前,阳泉市景,尽入望中。赏四壁书画,见溥心畬山水,赵少昂花鸟,孙其峰、王学仲诸先生书法,会让你眼前一亮,驻足良久。

随后,我们又乘车转入山顶一隅,绿荫深处,有房数楹,四围花木扶疏,小院清净幽寂,名为"云顶山庄"。我等被主人延至客厅,但见沙发洁白,茶几典雅,书橱中陈列佛教典籍,粉壁上悬挂名胜风光图片,屋角罗致奇石根雕,隐约还有梵歌清音入耳。主人年轻而儒雅,谈吐不俗;工作人员衣着朴素,汲水烹茶。盏盏滇红,奉诸客席;干鲜瓜果,以佐佳茗。叙谈有顷,祝涛应主人之请,染翰挥毫,得花鸟二帧,笔精墨妙,神采飞扬;汪伊虹则迷恋山中景趣,径自携爱犬步出庭院,旋即隐入碧云雾海之中。待老祝收笔,亢佐田亦即席命笔,写猫画鸡,甚是传神。我亦书条幅四五件,献拙山庄。我等挥毫,主人大悦,不时按动相机快门,记录着大家泼墨时的身影。我突发奇想,这山庄如若更名"刺梅山馆"岂不更佳?

燃香作书,品茗论画,听佛乐,赏根艺,不觉时近中午。在主人导引下,宾客步入餐厅。一桌酒菜,业已齐备,野蔬山肴,多可盈盘,鲜活亮丽,翠绿鹅黄,未曾下箸,两腮生津。此乃正宗农家风味,当可大快朵颐。酒虽只喝了几小口,我却有点飘飘然,忽又想起满山的野刺梅,待众人酒足饭饱后,便谢别主人,又驱车返回那野刺梅花繁密深处,放浪形骸,临风长啸低吟,偶得俚句,以记行色:"狮垴顶上去,山高客来稀。五月惊降雪,连天开刺梅。冷艳舒醉眼,暗香袭人衣。相期林和靖,月下觅新诗。"

坐卧花丛,不知时过几许,落花还兼坠露,冷香共湿衣衫。

是为记。

2006年6月20日

会宁行

　　辛巳四月，我适定西，时有会宁朋友相邀往游。1936年10月，中国工农红军一、二、四方面军长征会师于会宁，宣告长征胜利结束。此一革命纪念地，当有胜迹留存，遂欣然谒访。

　　东发定西，东北而去，行高原峡谷间，经古驿大道，约百里，过时许，抵会宁城，下榻县招待所小楼，时值下午四点，稍事休息后，在当地几位书画青年的陪同下，经往西津门而来。西津门，乃会宁县城西门也，今名"会师门"，为长征三军会师之标志。临城下，城门洞开，城楼耸立，登斯楼也，临风遐想，犹见当年三军过关而来，鼓角相闻，战旗猎猎，西风落照，残阳如血，是何等的状况。西门里，有文庙，今辟为中国工农红军长征胜利纪念馆。大成殿，曾是三军会师的联谊场所，想当年，将帅雄风，英雄豪气，挑灯看剑，横槊赋诗，又是何等的英武。1986年在长征胜利五十周年之际，于此建"中国工农红军第一、二、四方面军长征会师纪念塔"，高塔巍然，直冲霄汉，上为邓小平同志题字，煞是醒目。游人至塔下，听清风鸣铎，诉说那往昔的风云佳话；入"将军碑廊"，看满壁龙蛇飞动，金戈铁马，气吞万里如虎，再现当年鏖战疆场之雄姿也。

　　出纪念馆，在县城漫步，以寻觅老城的踪迹，林则徐在道光二十二年发配新疆，经道会宁，在日记里写道："此处县城颇为完整，自泾州以来，皆无其比。"然而经百六十年沧桑变化，林公眼中的会宁城,已然不复存在了。

往游城南桃花山,经道会宁开发区,但见高楼四起,商店林立,汽车长驶于大道,行人接踵于商肆,其繁华与热闹,恐林公也不曾梦见。漫步于桃花山磴道,游览新建的"长征道上"的微缩景观,从"瑞金"而"遵义",而"延安",其间又历"大渡河"、"娄山关"、"雪山"、"草地"诸胜迹,走走停停,说说笑笑,重温那长征的革命史。

会宁,历史悠久,张骞通西域后,便成了丝路北线的要塞,西去兰州,北通靖远,堡寨比肩,营垒联袂,"七城"、"四驿",林木丰茂,粮薯殷实。光绪元年,左宗棠督办新疆军务,途经会宁,在驿道旁广植树木,并张贴告示:"有毁者,以军法制裁",一时间,柳荫夹道,人称"左公柳"。左公部下杨昌浚有诗志之:"大将戍边尚未还,湖湘子弟满天山,新植杨柳三千里,引得春风度玉关。"然而近百年来,天灾人祸,植被破坏,水土流失,生态失衡,"左公柳"无一幸存。我行会宁驿道上,但见河流干枯,风沙迷漫,沟壑陵谷一片苍凉。人畜吃水,分外困难,家家挖旱井于庭院,户户筑水窖于坡头,冬储积雪,夏聚雨水,节约使用,视水如油。本有"粟州"之称的"会州",竟成了"苦甲天下"的穷地方。我过"甘沟驿",未见细如游丝的甘泉,却成了一个名实相符的"干沟驿"。已然暮春天气,在江南早是草长莺飞,绿肥红瘦的时节,而在这里却难得看见一丝绿色。白草塬没有白草,放马塬没有马牧,鹿儿塬没有鹿跑,老虎沟难闻虎啸,干旱和贫瘠,制约着经济的发展,生态环境的破坏,招致了沙尘暴的肆虐。此情此景,正谭嗣同于光绪九年秋过会宁留题之景致:"白草塬头路,萧萧树两行。远天连雪暗,落日入沙黄。石立人形瘦,河流衣带长。不堪戎马后,把酒唱伊凉。"

当代会宁人,饱受干旱之苦,在恶劣的自然环境下,求真务实,种草植树,把土地梳理得平平整整,蔬菜大棚,苗木基地,在郭城驿附近,连岗夹磵,略无阙处,新绿渐欲迷人眼,老屋时传笑语声。

在会宁,感人至深的是人人崇文尚德,十分重视教育事业,尊师重教,蔚成风气,确实做到了"再穷不能穷教育,再苦不能苦孩子"。沿途所见之村庄,就中建筑最为宏大的便是学校,校园宽绰,教室明洁,下课钟声响起,学生奔向操场,活蹦乱跳,充满生机。就这样在一个"背着干粮上中学"的贫困县,创下了"国家高考状元县"的奇迹。据说在北京中关村科技园,就有会宁科技工作者三十多位。会宁之所以出人才,便是缘于他们对教育事业的重视,会宁现在仍然穷,穷则思变。会宁的由穷变富,在西部大开发的机遇中,当不会太远。

2001年7月2日

旋转的八廓街

　　在拉萨，自然要逛逛八廓街，朝拜大昭寺。

　　桑烟的气息，引领我来到八廓街，这是一条围绕大昭寺的转经道。道之侧，隔一段距离，便有一座桑烟炉，炉烟如游丝，袅袅升腾，聚集在大昭寺的头颅上，形成了一圈圈水波纹的凉帽，轻轻的，淡淡的，泛着浅蓝色。拉萨河送来一袭凉风，这水波纹的凉帽，便开始旋转着，幻化着，你会感觉到些许的神奇。

　　桑烟下的八廓街，那转经的藏民，一个个神情专注，脚步急速，油腻腻的藏袍上散发着特有的哈喇味。黝黑多皱的面孔上，表情木然而肃穆，嘴唇张合而有声，一手持念珠，一手摇经筒，伛偻着身子在转经道上的人流中蠕动。间或有英伟的康巴汉子，腰缠布带，头盘红巾，昂首阔步，煞是醒目。而磕着等身头的朝圣者，似乎在以自己的身躯来丈量这八廓街的周长。那些放生的牛和羊，也随着人流前进，不过它们有时会逸出界外，有时又会挡着道路，转经者绕过它们，没有吆喝，更没有谩骂。只有那些懒散的狗子，或蜷曲在墙阴下，或漫无方向和目的地游荡着。大昭寺上空的桑烟，仍像变戏法人物中的凉帽，不停地旋转，屋角上的五色风马旗与之相呼应，飘拂中发出声响。我顺着人流游逛，似乎也在追赶着朝圣者，然而脚步慢了许多。街头琳琅满目的摊位，诱惑我左顾右盼，闪光的法器，名贵的珠宝，瑰丽的藏装服饰，鲜活的藏戏面具，都令我应接不暇。匆匆一瞥，眼花缭乱,它点缀着八廓街,它是镶嵌在八廓街朝圣人流边沿的浪花和贝壳。还有唐卡店,索价昂贵得惊人;至于别具风情的甜茶馆,我却无暇进去品尝。

跟随不断超越我的转经队伍,来到了大昭寺的正门。西向而开的门栏下,有十数位朝圣者,原地磕长头,起立跪爬,顶礼膜拜。如是往复,不知倦累,忘却止歇。我步入大昭寺,在各殿堂巡礼,幽深而昏暗的大殿内,迷漫着藏香的烟云,酥油灯光焰跳动,鎏金佛光华闪烁,心动,经幡动,在这光怪陆离的境界里,面对佛祖释迦牟尼十二岁寿量身鎏金铜像,万念俱灭,心归平静。但见献哈达者,添酥油者,以额头抵擦佛座者,以求加持。我在二楼的殿堂内,看到了松赞干布和文成公主的圣像和壁画,便想起了阎立本的《步辇图》,那禄东赞拜见唐天子的景况,形象是何等的生动。而另一些殿堂内,文静的度母,狰狞的金刚,都显现出一种莫测的神秘和诡异。

围绕佛殿是庭院式的转经回廊,玛尼轮在朝圣者的推动下,永无休止,不停旋转,这便是所谓的"囊廊",和寺外的"八廓"、"林廓",成为朝觐圣域者的日课,使圣域拉萨也为之旋转起来。

我屏心静气地步出佛殿,绕过转经回廊,登上大昭寺的金顶,仰望蓝天,在白云映衬卜,蓝的深沉,蓝的恐怖,而金顶上的法轮、金鹿、胜幢,在阳光下,金灿灿,耀人眼目。俯看那矗立在大昭寺门外的唐蕃会盟碑(长庆甥舅会盟碑),千百年来,它目睹着这法轮常转的大昭寺和八廓街,目睹着这日夜奔流的拉萨河和日新月异的布达拉。

2004年7月1日

弋阳一日行

五十年前,读《可爱的中国》,知道弋阳出了一位革命烈士方志敏,曾因之事迹而感动并深受其教育。三十年前,有江西之行,过萍乡,上井岗,访南昌,登庐山,却未暇往弋阳一游。弋阳是中国戏曲四大声腔之一"弋阳腔"的发源地,是南宋诗人谢枋得的故里,有国家级风景名胜区圭峰。我好听戏,喜读诗,耽名胜,今既抵贵溪市,弋阳近在咫尺,岂可失之交臂,遂作一日游。

晨起,早餐毕,七点由贵溪乘车向弋阳,径往圭峰而来。将至山,远望一峰高标天际,状如玉圭,名曰天柱峰,圭峰或因此而得名。既至山脚,车停展旗峰外,但见巨嶂高岩,状若城池。岩下汇水茫荡,池水尽浸崖足。水畔修竹婆娑,清影匝地,凉爽可人。展旗峰下有"锁春洞",过洞,到桂花园,诚一福地洞天。环顾四周,奇峰罗列,象形各具,若老人,若观音,若净瓶,若鹦哥,若天狗,若灵芝,若双箭,若狮,若虎,若象……不一而绝,难尽描述,而更多山峰,则酷似灵龟巨鳌,故圭峰亦名龟峰。

这桂花园,在魏晋间,初开山寺,至唐,为之盛期。宋时瑞相寺遗址,今尚依稀可辨。一株四季桂,有千三百年龄,分枝十数歧,生机尚健,繁花盈树,香袭满园。又一株古樟,亦千年之物,直干干云,枝叶如盖,树身七人方可合抱;上生寄生树一株,导游言,此为"傍大款",游人听此一乐。

锦屏峰,则典型丹霞地貌,若巨大屏风,雄峙天地间。崖壁之上,山水楼台,人物走兽,各具神态,妙迹天成。"三叠龟",高踞峰巅,引颈探海,遨游云天。天女散花岩,泉自崖上洒落,飞珠卷雪,游漾乘空。游人向壁长啸,雨珠随人飘来,对此胜景颇感灵异。

穿林荫,蹈仄径,过"一线天",至"四声谷",面壁高呼,山鸣谷应,回音不绝,游人皆以一试喉咙为大快。又"百年道",双崖夹峙,侧身而过,肥胖者颇感困难。过者,可得永年,未能通过者,当需减肥。

行此岩壑间,移步换形,步步生景,好景迭出,不可胜记。眼前丛树间,有一高楼巍然跃出岩上者,为"三十六峰楼",俗名"将军楼"。登楼入室,临窗而坐,山中诸峰,奔来眼底,品香茗有顷,而复出。行进间,见一坠石倒立道侧,上凿三字,曰:"忠魂石"。导游言,此石后有一洞,曾为革命志士方志敏藏身处。1935年8月6日,方志敏同志就义时,此岩倒塌,英魂所感,山石为摧,虽为传说,亦人民之心声,不足为怪也。

面前又高峰壁立,石径垂天。游人至此,多望而却步,绕小道而下山;我拟一试腰脚,随诸青年,攀而登之,至极顶,虽眼花腿酸,却心生欢喜。于此小憩,俯察群峰,有忆徐霞客所言"盖龟峰峦嶂之奇,雁荡所无"。雁荡亦我曾游之地,此则评论,信然不虚。疲累稍减,沿山脊缓坡而下,至龙门湖码头,登快艇而游,清风拂面,好山如画。时值高秋,红叶斑斓,碧波潋滟,云天满湖。山环水转,历半小时,登涉之劳,为之化解,遂乘车返弋阳县城,时已过午。至宾馆,上饶市委宣传部熊部长、弋阳县委王书记等领导已等候多时,共进午餐,其情融与而热烈。

午餐毕,稍作休息,便先去革命烈士陵园,瞻仰先躯事迹。但见纪念碑耸然蓝天,方志敏雕像大气凛然。在展厅巡礼重温中国革命史,为那些先烈的铮铮风骨和浩然气概而肃然起敬。

出陵园,往游"叠山书院"。叠山,谢枋得之别号也,其地翠竹离披,曲槛幽深,讲堂空阔,碑廊回互。应主人之邀,诸书友同道,在品尝信州第三泉茶汤后,欣然挥毫,尽留墨迹;我则立书院门栏外,面对信江逝水,长忆那绝食元大都,直犯朝廷的谢枋得和他那沉郁苍凉的诗篇。出书院,再乘车访南岩寺。其地亦巨嶂铁壁,岩下天然洞窟二十三处,蔚为壮观,就中以南岩寺为最,此窟高深皆 30 米,宽约 70 米,偌大窟穴,天设地造,洞之后壁,凿佛、菩萨、罗汉四十余尊,饰以祥云蔓草,皆唐宋以来之佳构,徜徉其间,犹见千年风韵。奈何此地曾为储运公司军火仓库,雕像刷以石灰水,至今残痕缕缕,观者徒增叹息。

弋阳一日,行色匆匆,奈何未能一听弋阳高腔的声韵,在为霞满天的暮色中握别主人,返宿贵溪。

2004年 8 月 2 日

访石门湾缘缘堂

　　从小我便喜欢丰子恺先生的漫画,五十年前,考入崞县城内的范亭中学,曾于学校图书馆借得一册《丰子恺儿童漫画》,遂以土产大麻纸一一临摹,得数十幅,厚厚的一大打。当所借图书送还后,还时常翻阅这些临摹品,也感到十分的有兴味。后来学校在教务处的大厅里举办画展,我临丰先生的四幅作品竟也入选,还得到了老师的好评,也令我高兴了一阵子。接着,我又喜欢上了丰先生的散文,凡能见到的文章,便一一拜读。以后数十年中,在我的书架上,就有了丰先生各个时期各种版本的《缘缘堂随笔》等多种文选。几年前,在书店看到了一套《丰子恺文集》,厚厚的七卷本,便又高兴地抱回家。此文集算是丰先生著述的总汇了,卷前和卷中附有精美的插图,它成了我宝贵的藏书,盖上了一方朱文的收藏印。因为有了这套文集,遂将以前的零星读本分赠给喜爱文学的朋友们,也愿他们从丰先生的文章中分享一份至性深情的愉悦吧。

　　当我1975年9月下旬第一次到上海时,正值丰先生辞世后数日,时在浩劫之期,先生的后事想来自然是十分萧条的。当时我不知也不敢去吊唁这位心仪已久的老先生。后来,得悉先生生前备受折磨和晚景不幸的遭际,心中不时泛起愤愤的不平和深深的哀悼。

　　时间过得真快,转眼近三十年,甲申高秋十月,幸有江浙之游,遂成桐乡之行,访乌镇茅盾故居之次日,便往石门镇拜访缘缘堂。

从桐乡县(今已改为市)城西去三十里,便是石门镇。京杭大运河,自杭州北来,经石门镇而东去嘉兴,在这里拐了一个弯,这石门镇便有了石门湾的别称。我方来,晨雾未退,古镇初醒。在轻霭薄雾中,街头行人寥寥,趋前询问"丰子恺故居"之所在,路人驻足指点,甚是热情,入礼仪之邦,古风犹存。至"垒石弄",立运河拐弯处,读岸头石碑,知此处为"古吴越疆界",看江中货船待发,呜呜作响;晓风残月下,东市高楼,鳞次栉比;河上桥梁,长虹卧波;岸边杨柳,袅袅如幕帐,柳中晨练者,太极回环,恍若图画。观赏有顷,寻"梅纱弄"而来。前见一桥,为新建,曰"木场桥"。乃子恺先生幼女丰一吟所题(几年前,曾与一吟先生通函,先生曾赐我小中堂一帧;其书法能得乃翁遗韵。)桥上栏板图案,依子恺先生漫画而制作,妙趣横生,耐人品读;桥下为运河支流,绕屋流淌,不舍昼夜。方过桥,便见一门高启,题曰:"丰子恺漫画馆"。门设于庭院东北侧,入门,芳草如茵,石径清幽。先生石雕像立于庭前,两手拄杖,长须飘拂,双目炯炯而神采逼现,此像似送客又似迎宾,抑或都不是,是先生独吟于花朝月夕,听运河之流水,观长天之行云,其仪态端庄而慈善,面目和平而可亲。院之南端,有小楼一幢,是漫画馆,馆中除丰先生本人的专题作品外,还陈列着华君武、廖冰兄、丁聪、张仃等百余位当代中国漫画家捐赠的精品,虽只匆匆一读,亦令我大开眼界,大受教益。

庭院西侧,有短墙一道,丹桂垂荫,修竹过墙,墙下有小门旁启,门上题"丰子恺故居"五字,是叶圣陶先生的手泽。入门便是"缘缘堂"的屋侧和屋后了。1933年1月,丰先生在石门老屋的旧址上耗资六千元,建造了缘缘堂,不到六年时间,便毁于日军炮火。其时先生在流寓中,得悉缘缘堂被毁的消息,饱含激情撰写了《还我缘缘堂》、《告缘缘堂在天之灵》和《辞缘缘堂》三篇名作,抒发了对缘缘堂的怀想与对日本侵华罪恶的愤怒以及抗日战争必胜的信念。

今之缘缘堂,是 1985 年在丰先生生前挚友广洽法师的资助下,桐乡县人民政府为纪念丰子恺先生又于石门湾缘缘堂原址上依原样重建的。入"欣及旧栖"门,小院北端,一幢三开间小二楼,坐北向南,轩敞简洁,朴素大方,朱栏黛瓦,不假修饰;粉墙下,芭蕉如盖,绿荫满地。想当年,新居落成时,先生在蕉荫下会客,把盏共话,该是何等的惬意,又曾在花坛上留下了与幼女玩乐的倩影,那又是何等的开心呢。我今来,人去楼空,留下的只是一院的空寂。

楼下当心间是客堂,后壁上悬挂着马一浮题额"缘缘堂",额下正中是唐云所绘红梅图,旁为对联二副,一为弘一法师书:"欲为诸法本,心如工画师。"一为丰先生自书:"暂止飞乌才数子,频来语燕完新巢。"匾额与对联皆为木板雕刻而成,所惜原物早在炮火中化为灰烬,今之陈设,自然是复制品。原来的梅花图是吴昌硕的大作,当然无法复制,便以唐云先生的作品来补空。楼下西间原是丰先生的书房,东间是餐厅,入东西间,原物一无所有,"草草杯盘供语笑,昏昏灯火话平生"的景况,只有从丰先生的著述中寻觅了。在缘缘堂一楼巡礼毕,我小心翼翼地登上了楼梯,深恐打扰在楼上休息或作画的丰先生,更加放慢了脚步,轻轻的提腿,缓缓的落脚。这只是一时间产生的虚幻的意念,我却是如此地行动着,这也许是缘于对丰先生的一种敬重吧。上得楼来,中央间,宽大明亮,一张大桌子,丁字儿安放在前窗下。桌子后,是一把旧藤椅,想当年,丰先生在此读书作画撰文,茶烟如篆,墨香盈室,一幅幅幽默图画、一篇篇珠玑文字完成后,先生掀髯而笑,又是何等的愉快和幸福。我坐在丰先生当年作画的地方,留一张纪念照,也算是我与缘缘堂的缘分了。

　　在缘缘堂逗留半日,似未能尽兴,乃购一册丰一吟所著《潇洒风神——我的父亲丰子恺》,作为旅途的读物,再买一件蓝印花布制作的典雅的民间工艺品"双鱼"挂饰,它可是丰家早在公元 1846 年创建的丰同裕染坊老店的产品呢。我将它带回去,悬挂在隐堂素壁上,以作长久的纪念吧!

2004年 10 月 20 日

石门湾木场桥下丰子恺故居

登梵净山记

几年前,贵州梵净山筹建碑林,征字于我,得简介一册,遂对此名山有了些许了解。日后又在电视、画册及邮票上,看到其雄姿,遂心向往之。

甲申三月,有湘西之旅,即抵边城凤凰,距黔东北近在咫尺,商诸同行,便作梵净山一日游。于是租车一辆,与司机一行5人,清晨6点出发,于上午9点抵达梵净山停车场。进得山门,有柏油路直通山中,但见山道弯弯,群峰夹峙,流泉飞瀑,古寺茶亭,渐入佳境。至山脚,仰望梵净山,古木峥嵘,满眼葱翠,登山石径,直挂天门,以"山从人面起,云傍马头生"来形容,差可仿佛。然这石阶磴道,马又岂可行走呢?

自山脚起,每一游客身后便尾随二人,为抬滑竿者,不时兜揽生意:

"老先生,坐滑竿上山吧!"

"不!要爬上去!"

"您走不上去。梵净山海拔2572米,7896个台阶,来回20公里,您坐上吧。"听着介绍,我心想,生意人总是夸大其词。今天定要一试腿脚,徒步登上山。谁曾料到,山道陡峭,石阶高耸,走上七八步,便得驻足喘长气。同窗老友亢佐田,年方62,还小我两岁,甫登200阶,竟打退堂鼓:

"我不上了,在这里等你们。"此话一出,令人扫兴,专门租车来游,岂可半途而废。我鼓气而上,登上500阶,便也心跳激烈,双腿颤抖,无奈,花300元坐上滑竿,志在登峰造极。殊不知,身坐滑竿之上,心系喉咙之中,石磴高陡,山多拐折,下视道之左右,皆为深沟大壑,若抬滑竿者稍一不慎,坐滑竿者便身葬崖谷。坐滑竿之一上,晃晃悠悠,深恐滑落,山之景致,遂不复一顾。又见抬滑竿者,气喘吁吁,汗流浃背,不时用肩头的手巾揩擦满头的大汗,便心生内疚,要求停歇,离开滑竿,踽踽而行。至1500步(一阶为一步),地稍平阔,有一饮食站,二抬滑竿者每人花2元钱,吃一顿早饭,叫"打气"(大约是我们所说的"打尖")。借此时刻,我才有心注意梵净山的山光云影。但见四围古木参天,老干横空,有楠、樟、鹅耳枥、青冈栎,有珙桐、杜鹃,有铁杉、冷杉,皆各具姿态,粗可合抱。奈何自己北人南来,置身原始古木中,除树干上标注者,竟无一树可识,只觉古朴、奇特、阴郁、茂密,进而又有点恐怖;若草莽中跃出一只华南虎、云豹、黑熊,或是几只黔金丝猴,也够吓人的。正遐想沉思之际,抬滑竿者催我入座,再复攀登。于2500步处,到鬼门关。此处石磴垂天,高高在上,我复下座,手扶铁栏,脚踏实地,目不旁观,侧身移步,向高处挪动。三四百步陡阶,走走停停,已是汗湿衣裤。但决心横下,险关终过。

一路上,见抬滑竿者辛苦之极,又复离座步行,待心跳难耐,两眼发黑,瘫坐路畔之时,抬滑竿者再扶我入座。如是往复,不知上下滑竿几十次,终于于下午1时许到达石磴尽头,金顶脚下。我舒了一口气,口念"阿弥陀佛",庆幸平安上得梵净山。

山上仅有游人三五,虽为梵天净地,但感空寂清冷,我等凡夫俗子不能在此离尘索居。回顾上山之路,已消失在丛山林海之中,但见群山重叠,莽莽苍苍,时有轻云飞渡,薄雾迷蒙,万象幻化,不可捉摸;仰望红云顶(金顶),状如天柱,高可百米,上分二峰,有天桥相通,顶建金瓦石殿,下垂石磴连环,好一座弥勒道场。我欲攀登,无奈精疲力尽,加之大雾袭来,金顶顿然隐去,诡秘神奇,不可言状。

在山顶逗留半小时,见大雾不能退去,金顶包裹得更加严实,便决定下山。上山费力,下山费腿。坐滑竿者,似张果老骑毛驴,背朝前,面向后,时时有跌落的感觉,更加惊恐万状。而抬滑竿者,轻车熟路,习以为常,一路小跑,似向山下冲去,若非我执意坐一程走一程,下山的时间,还要不了两个小时呢。

返经回香坪,至鱼坳,亢佐田、焦如意已在道旁等候。

步下鱼坳,沿黑龙湾河谷而行,听山溪说法,观游鱼戏水,小坐观瀑亭上,见杂树蔽天,巉岩峭拔,白练悬空,数折而下,轰鸣之声,不绝于耳。至谷口,有碑林牌坊,置于楠竹秀石之间,观赵朴初所题"梵天佛地",启功先生题"梵呗传三界,潮音净六根;众山眼底小,南国此峰尊"等碑数十通,拙作亦在其中,其词曰:"梵天千峰晴犹暗,净土万木老更奇。"未曾入山,竟道出山中特色,或可谓"心有灵犀"吧,为之一喜。

出山门,在路旁餐馆匆匆就食,即驱车循原路而返,待入凤凰古城,已是晚上8点20分,边城灯火,洒满沱江,流光溢彩;吊脚楼上,人影晃动,酒香飘逸。

2004年4月10日

游沙湖

久闻沙湖盛名,至银川第二日,便驱车探访。出银川,经贺兰县之四十里店,平罗县之姚伏镇,而后抵沙湖之旅游区,时正上午10点,遂购票入园,复登船游览。泛扁舟之一叶,游水天之空阔,微风起处,湖水尽呈罗纹鱼眼之状;清歌低回,游人如入方壶胜瀛之域。未几,船入芦荡水镜,时维五月,塞上天凉,新芦芽二三尺许,丛簇拔翠,昂首比肩,偶有黑鹳独立,野鸭游弋,白鸟立苇地之上,游鱼戏碧波之中,所见犹昔时李苦禅笔下之精品。

沙湖广可20余平方公里,茫茫荡荡,气象万千。船转水曲,深入苇丛,忽地惊起沙禽水鸟,拍翅而过,正李清照"争渡,争渡,惊起一滩鸥鹭"之境界。小舟至空阔处,揽碧流之潋滟,仰云天之空濛。是时也,心水澄澈,人天合一,妙处难与君说。

游湖有顷,日高兴阑,泊舟柳荫,遂登南岸。蓦见沙山横起,驼铃清越,循声望去,骆驼十数只,游客一线儿,行进砂碛间。逆光下,驼影清晰,亦画上景致,诗中意境。我沿漫坡上山,足踏细沙中,一步一窝,虽感松软而颇觉吃力。至岭脊,不禁额头沁汗,气息不舒。在岭头,游人丛聚,或身埋沙中,享受这时尚的热沙浴;或于陡坡处,滑沙而下,瑟瑟有声。我坐一侧,作壁上观。远处,黄沙起伏,若无涯际。沙碛中,有茅亭点缀,似破伞,荒落之甚;又驼鸟几只,漫步其间,不时引颈而叫,其声凄清。沙湖秀润,是一种阴柔美;而沙山苍凉,是一种阳刚美,二者聚一景区,天设地造,相得益彰。

　　我似乎有点疲倦了,独自坐在沙丘上闭目养神。偶一睁眼,面前有几只小昆虫,若天牛大小,却叫不上名来。它们在沙坡上疾走,身后留下一条曲线的印迹,细碎而精美,若民族服装上的花边儿,这是昆虫们创造的一幅图画,却也是天然的杰作。我将一只小昆虫小心翼翼地放在掌心,仔细观察,黑亮的身体,光滑而坚实的躯壳,生动而有力的脚肢,俨然齐白石先生画中的工笔草虫。小昆虫在我掌中局促不安地转动着,我小心地将它放回到沙碛中,它又匆匆寻得同伴们,继续在细沙中纺织它们的图画,这是何等可爱的精灵呢。

　　时值中午,有点燥热,遂离沙丘,沿沙坡无人处,缓步而下,身后留下我的一行脚窝,却没有昆虫们编织得精美。至渡口,乘快艇,返回北岸,径出园门,在临湖的一家饭店坐下,就着沙湖的咸鸭蛋,喝一小杯宁夏特酿枸杞红,吃一碗地方风味的哨子面,便租车一辆,告别沙湖,往贺兰山寻觅那奇特的岩画去。

2002年6月1日

游"三游洞"记

　　昔游长江,自重庆泛舟而下,至涪陵,时值枯水季节,有幸一睹白鹤梁石鱼高脊,虽不能窥探石刻题记,亦为之欣欣然。至万县,留二日,寻黄庭坚《西山碑》,终无缘获观,怏然而去。入夔门,整日立船头,看山看水,"众水会涪万,瞿塘争一门",差可仿佛。进巫峡,连峰叠嶂八十余里,也梦寐所求之画稿。面对神女峰,游客无不引颈指点,岂非刘禹锡之诗乎:"巫山十二郁苍苍,片石亭亭号女郎。晓雾乍开疑卷幔,山花一谢似残妆。"至西陵峡,天已向晚,江风甚剧,遂回舱小卧,不知时过几许,船抵葛洲坝,已是十分夜色了。惟听广播中介绍当地胜迹,"三游洞"擦肩而过,怅然有失。

　　甲申年三月,抵宜昌之次日,往访"三游洞"。自夷陵广场,花1元钱,达10路公交车,指顾间,行二十华里,便抵"三游洞"外停车场。思慕日久之名胜,说到便到,何等方便,何等快捷。

　　入园,循左道,下石阶,"三游古洞"四字坊,豁然破目。入门未几,见悬崖峭壁间,广厦洞开,背倚西陵峡,面临下牢溪。其洞深广,有内室、外室、侧室之分,皆以钟乳石为石柱、石幔、石窗而界隔。外室旷明,遍布题刻;内室幽邃,有左右石雕二躯,尚朴拙;而新塑白居易、白行简、元稹之"前三游"者,惜未能传其诗人气质,既来之,亦于像下留一影,用仰高风。于洞后,得一黄庭坚题记石刻,奈何今人以黄漆填廓,颇多讹错。于外室,一读后人重书白居易《三游洞记》石碑,尽悉唐元和十四(819年),白居易偕弟及友人元稹,相会夷陵,共饮下牢戍,引棹碧波之上,又"维舟岩下,率仆夫芟芜刈翳,梯危缒滑,休而复上者四五焉",遂得古洞绝境,坐饮其间,三日而去,且"各赋古调诗二十韵,书于石壁"。读碑毕,于洞之上下,遍觅元白遗迹。经千二百年历劫,点画无存,惟想见其人其时之乐者。

步出古洞,栈道沿云,仰面藤蔓垂天,岩岩欲坠;俯察碧溪如染,诗情涌起。置身崖畔险道,石磴坚实,护栏严谨,虽石径高下斗折,而无些许恐怖之感,谈笑自若,如履平地。山之南巅,有亭翼然,曰"至喜亭",为新建。亭下有碑,刊欧阳修《峡州至喜亭记》。原亭建于景祐三年(1036年)。时欧阳修贬官夷陵,为知州朱庆基之属下,遵其嘱,撰其记,亭曰"至喜",一为舟子喜,喜诸舟子历尽险滩激浪,平安出峡,沥酒相贺,以为更生;二为知州喜,"夷陵固为天下州,廪与俸皆薄,而僻且远,虽有善政,不足为名誉以资进取。朱公能不以陋安之"。且"自公以来,岁数大丰,因民之余,然后有作惠于往来,以馆,以劳,动不违时,而人有赖"。立此碑下,沉思良久,古之官吏,尚能立身自好,泽被黎庶。于人,以舟子喜而喜;于己,能不以陋而安之。今之诸"公仆",对此,不知作何等想?

"至喜亭",高三层,振衣而上,扶栏远眺,但见长江自西而东,出南津关,豁然开旷,葛洲坝横亘宜昌一侧,高峡平湖,游轮若楼观,缓行碧波间,真人间天上。

离"至喜亭",西向而行,蔓草乱石丛中,刘封城故址,依稀可见;复登"楚塞楼"聊作浏览,遂望"陆游泉"而来。循石磴而下,行数百步,至下牢溪畔,有船户人家,系舟门前,境极幽寂。徐步入曲岸,见一石亭依山面溪,亭下有方潭一孔,宽广四五尺,水自岩下滴入,如泻如洒,此正"陆游泉"者。亭之侧,有诗摩崖,乃放翁于孝宗乾道年间,前往奉节判官任上,经道宜昌,漫游"三游洞",于岩下小潭取水煎茶,诗以记之,泉遂以诗传。所惜今之陆游泉,似乎无人问津,潭中遍生蝌蚪,往来倏忽,自得其乐也。

　　时已过午,山雨欲来,匆匆循原路步出山门,至临江楼就午餐。楼下峡江澎湃,南山画屏排空。未几,寒雨袭窗而进,似觉春寒料峭,遂浮三大白。一时间耳热呜呜,醉意朦胧,眼前顿时幻化出唐宋名贤,元白、苏黄、欧阳子、陆放翁……,忽闻白行简言:"斯境胜绝,天地间其有几乎!"诚哉斯言。酒醒宜昌,为之记。同行亢佐田、焦如意。

2004年5月1日

桐庐纪游

  黄公望的《富春山居图》,是我对富春江山水形象的第一印象。而郁达夫《钓台的春昼》,给我的却是一种莫名的伤感和淡淡的乡愁。2004年,岁在甲申,暮秋季节,我适杭州,竟也生出上钓台去,访一访严子陵幽居的意念来。

  从杭州到桐庐一百六十里,因有公路交通的便捷,当今似乎再没有人乘船溯江而上,自然也领略不到纪晓岚笔下的诗境了:

    沿江无数好山行,才出杭州眼便明。

    两岸漾漾空翠合,琉璃镜里一帆行。

  起个打早,从杭州城西客站乘车,只消1小时30分的光景,便抵达桐庐县城。下得车来,正值小雨,匆匆躲进路旁一家逼窄的小餐馆,看看表,刚早上8点10分。就着小菜,吃一碗大米粥和一张煎饼果子,算是早点吧。

  小餐毕,雨停了,先登桐君山。山在富春江和天目溪的合抱处,天目溪自北而来,富春江由西东去。上桐君山,先得东渡天目溪。今溪上架有水泥桥,徒步几分钟,便可到桐君山脚下,方便是方便了,但那待渡的滋味,咿呀的橹声,和船家交谈的情趣,也便难以捕捉了。桐君山,山不高,石磴光洁,斗折而升,小路隐现于古樟老桧之间。经"凤凰亭",过"仙庐古迹",至"桐君洞",已达极顶矣。

入谒药祖桐君像,有介绍云:"上古有桐君者,止于县东二里隈桐树下,枝柯偃盖,荫蔽数亩,远望如庐舍,或有问其姓者,则指桐以示之,因名其人为桐君,其山为桐君山。"此县便以桐庐而名焉。今古桐不存,何论"荫蔽数亩",而桐君老人,高坐仙台之上,长髯飘洒,手持葫芦,伴以仙鹤瑞鹿,道骨仙风,历历在目。此老曾济人济世,源远流长,亦足令人敬佩的。

出桐君祠,见一塔凌空,洁白如玉,屹然重台之上,翠竹之中。塔下有钟,方一撞击,声遏行云,韵穿丛树。茶室小憩有顷,遂取东岩磴道下山,至山脚,见一座徽式二层小楼,临江而建,正"富春画苑"者也,乃桐庐县为当代画家叶浅予先生所新建画室。先生晚年,常居于此,作《富春山居新图》山水长卷。我方来,人去楼空,满院青苔,秋叶盈砌,颇有寥落的感觉。唯有楼侧的平台上,先生的石雕像,背倚桐君山,面临富春江,不管春去秋来,还是花朝月夕,与山灵共话,邀江月同饮,慰藉着"倔老头"那一生的思乡情怀。

离富春画苑,游百草药园和古树园。药草飘香,时花满眼,香樟老树,多数百年之物,交柯偃盖,不亚当年桐荫之广大。然富春江上,挖沙船,突、突、突的聒噪之声,令人心烦,搅得游兴顿减,遂离桐君山,往七里泷,访钓台而来。

自县城西去钓台近四十里,乘车只十几分钟路程。既至,登山,寻无门径,询之路人,知须先到富春江旅游公司联系,尚需乘船而上,方可一登钓台。入办公室,互道姓名,主人知我曾为钓台书碑一通,便热情接待,迅速安排小船一只,由办公室一女士亲作导游,旋由码头上船,泛游水上,溯江而行。因码头下游作坝修水电站,上游水位随之提高,江面因而开阔,窄处可五百米,宽处可六七百米不等。因之,七里泷中,浅滩急濑,消失殆尽。船行江上,风平浪静,不觉舟移,似感岸动。两岸峰峦,连绵起伏,不见其高,惟觉其秀,绿树含烟,屋舍俨然,矶头坡脚,无不入画,正六百年前黄公望山水粉本也。船近江南龙门湾,有"下湾渔唱"四字摩崖,铁壁朱颖,煞是醒目。崖下有"揽月桥"、"烟水阁",游人三五,观鸬鹚捕鱼,时值小雨如丝,渔人斗笠蓑衣,立于竹筏之上,手持长篙,浮游碧波间。鸬鹚时起时落,溅起一江珍珠,此等景致,羡煞我辈。船在下龙湾兜了个大圈,又复西北方向驶去。我立船头,仰望北峰之上,有二垒石高台,导游言,此正东西钓台。东台即严光隐居垂钓处;西台为谢翱恸哭文天祥处。指顾间,船近钓台埠头,一石牌坊,雄峙岸上,上书"严子陵钓台",是赵朴老的手迹;而石坊东侧有一大影壁,上书"严子陵钓台,天下第一大观",是日人梅舒适先生的墨妙。朴老曾为我作书,梅先生曾为我治印,今见二老手泽在名山胜水间,分外亲切。

下得船来,导游言:"现在是中午 12 点, 在此已安排了便饭,请!"我们感谢主人的招待,随着引领,走进了"静庐山庄"一间临江的餐厅。方落座,便有清茶献上,热气蒸腾,情意可嘉。临窗而望,江水苍茫,纭纭漾漾,绿树雕栏,幽极静极,品呷一口热茶,其声息,竟在静庐中传递。赏读山水之际,饭菜已摆上桌面,我们不喝酒,以茶代之。先是主人的欢迎,再是我等的感谢,然后便是品尝这山庄的佳肴了。有子陵鱼二尾,石鸡(青蛙一类)一盘,味极鲜美,是本地特产,有远方来客,特为之烹制。应我之需,特上几道素菜,有烧笋尖、烧茄条、西红柿炒鸡蛋,外加一盆紫菜汤,色香味俱佳,胃口大开,频频下箸,此中风味,亦得山水相助也。

午餐毕,步出"静庐",先过陆羽"天下第十九泉",无暇品茗,匆匆一观而已。雨时落时止,似有若无,携着伞,却不曾撑起。步入钓台碑林,回廊曲槛,依山而建,渐升渐高。廊外,翠竹披离,叶端雨花飒飒;廊内,石碑比列,碑上笔走龙蛇。行进间,见拙书石牌竿立其间,上书纪晓岚《富春至严陵山水甚佳》四绝句,重读一过,差同感受,摘录二首,以见一斑。

> 浓似春水淡似烟,参差绿到大江边。
> 斜阳流水推蓬坐,翠色随人欲上船。
> 烟水萧疏总画图,若非米老定倪迁。
> 何须更说江山好,破屋荒林亦自殊。

游赏中,时雨又作,檐溜如注,颇有"树杪百重泉"的诗意呢。东台、西台近在咫尺,皆不得攀。小坐"留芳亭"上,指点江山,遐想古贤,待雨稍减,步下碑廊,谒严先生祠。壁间有范仲淹名篇《严先生祠堂记》,已甚漫漶,不可成诵,稍作摩挲,吾心已足。口中不禁诵起范仲淹赞扬严子陵的名句来:"云山苍苍,江水泱泱,先生之风,山高水长。"步出祠堂,望富春江南岸,翠霭青烟中,一抹红云跃出岩岫间,那该是乌桕树的倩影吧。已是深秋时节了,除此些许的红艳外,尚是一片葱翠。导游言,即使在冬天,这富春江畔也会绿意盎然,绝没有萧条荒凉的景象。想那东汉光武帝刘秀的同窗严子陵,躬耕于此,垂钓于此,日复一日,年复一年,陶然怡然,心无渣滓,是何等的爽心,是何等的清静,那官场的险恶,那升降的荣辱于我何干哉!

天又欲雨,"高风阁"、"客墨亭"诸胜迹,遂不复游,登船返旅游公司办公室,主人出大册页,请题留,匆书:"富春山水,佳绝天下;子久图画,常留我心。岁在甲申重九后二日,与焦如意游钓台,陈巨锁。"题毕,别主人,经桐庐、富阳而返回杭州,时已下午6点许。

2004年11月

游镜泊湖记

　　国画大师傅抱石先生,每以镜泊湖为素材,进行山水画创作,足见镜泊湖魅力之所在了。1978 年 5 月,我自黄山返晋,经道南京留 4 日,适值《傅抱石遗作展》开幕,竟在画展中逗留了三整天, 也足见傅先生画作的魅力无穷。在二百余幅作品中,《西陵峡》、《待细把江山图画》、《满身空翠惊高风》等,都给我留下了深刻的印象。而一幅《镜泊飞泉》的大作,又让我驻足良久,不肯离去。瞧那恢宏的气势,精湛的笔墨,凌空而降的流泉飞瀑,水气氤氲,浪花飞溅。一时间,直看得眼眦决裂,耳际轰鸣,有若置身高山峡谷间,面对泷湫下注,壶口翻腾,不禁心潮起伏,暗自叫绝。细观画上题跋,更感趣味横生,遂命笔抄录。其词云:

　　　　镜泊湖在牡丹江市宁安境,南北百数十里,曲折回互,风景绝胜,为东北抗联根据地之一。今夏得闲,留湖上周余,幸也。迤北有瀑布,形势壮阔,雨后尤为奇观。七月十六日下午,随黑省画家暨省市工作同志十余人往适,湖水已涨,乃蹑足而过,方未百步,只闻如雷疾走,声震山谷。于是合肉眼所能触及之景,营为此帧。右下角出口,即牡丹江也。愧余拙笔,不及状其万一。及其归也,三小时前,蹑足而过之处,水已近腹矣。专区文联某同志毫无犹豫,背我而过。此情此景,我怎能忘之乎?我能不画乎?越三日,记于镜泊湖时。傅抱石。

此则题记,我以为是一篇绝妙好文,山水奇绝,当可卧游;人物生动,呼之欲出;文字简净,情景交融。于此,亦也见傅先生在镜泊湖写生时的踪影。

《镜泊飞泉》一画,曾深深地感动过我,镜泊湖的名字挥之不去。二十多年过去了,往游镜泊湖的夙愿才得以实现。

丙戌九月。我有关东之行,在哈尔滨小驻数日后,便取道牡丹江,经宁安,向镜泊湖而来。时值高秋,风轻云淡,山峦高下,层林尽染,车过东京城,平畴沃野,阡陌交横,村舍俨然,瓜菜满眼。行进间,车抵"镜泊湖"外。已是凉秋天气,又值下午四点,黄叶飘零,游人寥寥。漫步花间小道,清静幽寂,闲适自然。此种境界,那些误入游人如织、摩肩接踵之景区者,岂可消受得。转过丛树,渐闻水声溅溅,愈近而愈响。待得见飞瀑下注,正吊水楼瀑布,乃是傅抱石先生当年所挥写之对象者。先生来时,正值盛夏雨后,所见之水,形势壮阔,蔚为奇观,所闻之声,如雷疾走,声震山谷。我方来,但见秋水明净,寒潭如碧,瀑布飞泉,如帘如幕,更兼千嶂苔石映衬,万树红叶点缀,珠玑四散,洒脱不羁,如吟如唱,清音不绝。游人三三五五,攀磴道,过小桥,行丛树中,歇水石间,或观飞泉之下注,或听丹枫之瑟瑟,或拍照于楼台,或茗饮于亭榭,眼中所见旅游者,皆成画中点景人物,无不得体自然。我坐山石上,面对飞瀑,遐想那一万年前的火山喷发,岩浆流淌,堰塞牡丹江的河床,造成了我国这最大的堰塞湖,大自然的神奇和诡谲是难以想象的。

一万年过去,这镜泊湖又该是何等的面目呢?想远了,当无边际;想近了,它却付予了画家灵感与妙笔,成就了傅抱石先生那帧《镜泊飞泉》的绝作,传之后人,传之千古。自然美是伟大的,艺术美也该是不朽的。

于吊水楼瀑布前留连一时许,在一位导游小姐的鼓励下,我们泛舟游湖。甫入小艇,仅二人,穿救生衣,桔红亮丽,甚是醒目。舟人(小艇主人)傍水而居,以艇为业,日出而作,日落而息,有游人则掌舵,无游人则钓鱼,春夏秋三季,与水为伴,朝斯夕斯,悠悠然,羡煞我辈。是快艇,应我等之要求,作漫游,也悠悠然,选游湖山之胜。远山近水,山寺楼阁,舟人为之指点;人物传说,历史故事,舟人一一叙述。镜泊湖南北长近百里,我们择其近者、佳者而游之。山峦迤逦,红霞在天,微风起处,波成涟漪,时见鸣禽掠水,似与我等招呼,四周静寂,我心澄澈。看看月起东山,游人尽去,遂请舟人泊岸,付款而别,径往东京城一宿。

游湖观瀑,由之兴起,乘兴而来,匆匆一见,尽兴而归,颇感慰藉。其间,虽多辛苦劳顿,余不计也,非不知也。

2006年 9 月 20 日

镜泊湖吊水楼瀑布

长白山纪游

　　游镜泊湖后,取道敦化上长白山。由东京城至敦化,正值鹤(岗)大(连)高速公路的修建,一路施工,不时绕道而行,路面坑坑坎坎,十分的颠簸。乘客超员,乘务员在人行通道上加几把马扎子,让我等新上车的落座,也算有个安身之所,比之所谓的立锥之地,要胜一筹了。

　　待落座,前后一打量,满车的人员皆为民工,是敦化、长白山的农民,应召到虎林为某公司采集松籽,日前工作结束,现作回程。车中四个小伙子围在一处打扑克,有两个妇女吃着食品,低声地交谈着。其余的人,看上去是十分的疲累了,东倒西歪地酣睡着。我与邻座的一位民工聊起夹,他说:"我们这次外出,前后25天,起早搭黑,实在辛苦,基本没赚钱。"

　　"每人能得多少钱?"

　　"也就一千米块。"

　　"还算不错么。"

　　"家中的事,全耽搁了,连小孩子上学也没人管,有什么办法呢。"民工说着低下了头,倚着座靠闭上了双眼。

　　从东京城至敦化仅140公里的路程,竟用去了3个多小时,足见道路的崎岖。至敦化,再转车向二道白河而来,又是150多公里的行程,待到得二道白河,已是下午3点钟的光景了。就近住进火车站的丁家宏达宾馆,楼上住宿,楼下吃饭,十分的便捷。吃饭时,遇一对老年夫妇来游长白山,男者78岁,虽然重听,却面色红润,身体瘦健,女者70岁,爽朗热情,侃侃而谈。他们昨晚坐火车由通化而来,今日上山一游,晚上再坐火车返回通化。饭后,老夫妇背起行囊,和我们道一声别,留下一对笑脸,走出了餐馆。

二道白河的火车站前,有两片松林,长着数十棵干达青云的美人松,老干虬枝,千姿百态,实在是可以入画的。饭后,我们徜徉其中,旅友焦如意,不时地按动着相机的快门,摄取着精美的图画。松下是芳草地,油绿油绿,在夕照下,更光彩迷人。漫步在草地上,吸吮着松脂的气息,一天的劳顿,便荡然而去了。远处,也有二人在松林中散步,正是吃饭时遇到的那对老夫妇。他们交谈着,在身后的草地上,留下了长长的倩影。

翌日,游长白山。

晨起,由二道白河取道北坡游览。一路朝阳,红叶夹道,好个深秋景色。谈笑间,车行30公里,抵达北线山门。购票入山,先乘越野车登天文峰,山路弯弯,盘旋而上,至停车场。其时也,天风呼啸,奇寒袭人。虽穿着所租的大红紧身棉大衣,也不能免去浑身的瑟瑟。咬紧牙关,从停车场,徒步登上天文峰的鹰嘴岩,近十平方公里的长白山天池,尽收眼底,湛蓝的湖水在阳光下漾着微波,湖光中映着山峰的倒影,细碎而旖旎。望着湖水和周边的群峰,真让人出神入化,只是风太大了,把我吹醒时,赶紧绕道而行,下到一个避风的地方,又仔细地打量起我国这个最深的湖泊来,遐想从明万历到清康熙年间,曾三次火山喷发的状况,用手触摸这已经冰凉的火山石,心想着这三百年来沉睡的火山湖,但愿它永远平静,不再喷发,让春天的杜鹃,永远灿烂;让秋天的岳桦,永远挺拔。即使在冬天,白雪皑皑,一身的圣洁,庄严肃穆,崇高而伟大。

　　在天文峰,走走看看,思绪在天风中,漫无边际地游弋着。按时序,在长白山,已是该降雪的日子了,却不曾看到有一片雪花的飘洒。此行,领略不到长白山的雪韵,似乎有些遗憾。便有了下面的四句打油诗:

> 长白山不白,山头水一池。
> 山风莽荡起,天语恍闻时。

　　自天文峰循原路返回山门,时方上午9点半。复寻长白山瀑布而来,经道地热区,有温泉数眼,泉水喷沸,白气蒸腾,水温高达82℃,有人借温泉水就地蒸鸡蛋、煮玉米销售,游客多有品尝者,时作赞叹。在这高山雪湖之畔,竟又有地热奇观,大自然的诡谲,实在是不可捉摸的。

　　先闻水声,后见飞瀑。两山夹峙间,一瀑高悬,自长白山沟壑而降,白练千尺,翠壁连云。瀑之侧,筑有蹬道长廊,攀缘而上,直达乘槎河,再进,则一豁口,水自天池溢出,到岩头,砰然跌落,山鸣谷应,壮哉声威。

　　长白山有小天池者,乃电视片《雪山飞狐》的拍摄地。池不大,其地幽静清寂,三面环山,仰之山体高大,巨石嶙峋,下则杂树葱茏,碧潭如镜。池之畔,山之涯,有药王孙思邈造像,为新近塑制,缘山中多珍贵药材,特造像或为招徕生意欤?

　　出小天池,沿溪而下,则松花江之上游,自天池乘槎河经飞瀑而来者。初尚平静,溪水淙淙,斗折蛇行,待跌入巨石间,夹岸轰鸣,腾掷翻滚,似白龙出峡,隐现出没,不见首尾。而林间山影光束,石上黄叶青苔,光怪陆离,色彩斑驳,其妙处,难与君说。

　　长白山中,有地下森林。高山深谷,林木蔽天,一条通道,铺架木板,人行其间,但觉阴沉而深邃,古木森然,仰天钻空,间有倒地而卧者,长苔如发,枯枝犹龙。复有灌木拥塞,杂草丛生,时见野花山菇,缀诸长藤老干。愈进林愈茂密,光愈暗淡,不闻鸟语,不闻虫鸣,惟听自家脚步声,得得作响。一人而行,心生恐怖,遂匆匆赶上前面的游人。行至尽头,又见地坑于崖下,我等尚在山巅,手扶崖际栏杆,下视深谷千丈,但见树冠交横,危岩欲坠,又闻水声潺潺,却不见踪迹,忽有山灵长啸,亦甚吓人。此地游人已少,看看山雨欲来,便急匆匆择路而返。所幸腰腿尚健,待步出丛林之外,小坐茶厅之上,才发现额头上沁出了不少的汗珠。

下午三点,返回二道白河宾馆。往游长白山,乃多年夙愿,今日得以实现,遂倚枕记之,鸿雪而已。

2006年9月25日

长白山中

湘西行记

二十年前,与同窗老友亢佐田有湘西之行。其行也,自广西桂林坐汽车经龙胜而湖南通道,改乘火车至怀化,住一宿,复前行,经麻阳、吉首、古丈而入大庸,留三四日,游张家界诸名胜,得山水之奇观,收烟云之幻化。兴尽,出慈利,往鄂西北,登武当山,后取道南阳,经洛阳而返晋。

二十年后,再走湘西。偕焦如意并复邀亢佐田同行。此行,由长沙,坐汽车取道益阳而常德。常德,昔之武陵也。既到,未见捕鱼人,唯高楼林立,市井繁华,沅江大桥,高架南北。桥下江水,纭纭漾漾,"长德诗墙",央央入目,诗书满墙,笔走龙蛇,拙书一通,忝列其中,亦武陵人厚我者也。奈何行色匆匆,未能从容品读诸大家之墨妙。

桃花源

离常德,坐中巴往桃花源而来,但见山峦起伏,夭桃乍放,油菜花黄,稻田如织,偶有水牛耕耘田畴中,翻起片片沃土;修竹丛树里,有屋三五间,白墙黛瓦,炊烟袅袅,此非渊明先生之桃源乎?思慕间,车停之处正是桃花源。甫下车,便有旅社服务人员热情招呼,遂偕其后,过九曲桥,入住鸿源酒店二楼。此楼背山面水,楼前,高树撑空,含烟滴翠;树下石桌石凳,井然而列。小住楼中，超然象外，岂不快哉!

鸿源酒店，为夫妻店，女主人端茶送水，男主人炒菜煮饭。待我们盥洗完毕，楼下一声呼唤:"饭菜齐啦!"闻声而下，酒香扑面，只见山菇笋尖，炖鸡煎鱼，已摆上餐桌，遂坐而把盏。一到桃花源，颇有点"便要还家，设酒杀鸡作食"的同感呢。

饭毕，才下午三点，遂入秦城，循山路而进，过秦人洞。至秦人居，山奥中，虽多为新建，却竹篱茅舍，似与世阻隔，得见"土地平旷，屋舍俨然，有良田美池桑竹之属……"正陶渊明笔下之景致。时维三月，桃花盛放，落英满地，翠竹披离，长廊如画，廊中叫卖"擂茶"者，比比皆是，只因栏外桃林成阵，兼之碧桃花，白玉兰，紫辛夷，争奇斗艳，花气袭人，便无暇一品擂茶之风味。天将暮，匆匆登"傩坛"，过"傩神庙"，转"玄亭"，"高举阁"，而后下山，取道"问路桥"，经"既出亭"，已至桃花源山门矣。是处有"渊明祠"，"方竹亭"，奈何山色冥冥，小雨瑟瑟，只作匆匆浏览，便在夜幕苍茫中步回酒店。

湘西道上

桃花源留一宿，二日晨八点乘中巴东南向而行，一路多在山谷间，时旷时幽，然桃林无处不在，山川尽染，田亩彩错，菜花嫩艳，松杉满冈，间有村落，三家五家，依水而居，板墙黑瓦，深檐广棚，有渔人临河撒网，碧波扬珠，锦鳞飞跃，活泼泼地，一幅天然图画。若非319国道盘绕其间，汽车不时飞驰而过，直疑此间仍为秦人之居所。

一路风光，应接不暇，经郑家驿，茶庵铺，太平铺，出桃源县，入怀化区，过官庄，荔枝溪，楠木铺，至凉水井。这是一个小镇，时值赶集，行人涌动，杂货云集，叫卖声声。我们所乘之车，穿街而过，虽时遭阻塞，却也正好一睹湘西老镇集会之盛况。中午12点过沅陵,再经苦藤铺、麻溪镇、筲箕弯、船溪、田湾等村镇,于下午二点到辰溪。一路走来,求索沈从文先生旧时的踪迹,终不可得;唯村镇名多有诗情画意,遂不惜纸墨,乐而记之。到麻阳,略作停留,再转车,取道凤凰而来,于下午五点许,边城在望,喜不自禁。

凤 凰

边城凤凰,城不大,却大大的有名,这里曾出过政界的熊希龄,作家沈从文,画家黄永玉等名人。因对政治的冷漠,这位赫赫有名的国务总理熊希龄却是知之甚少;而对沈从文和黄永玉二位,却是十分敬佩和仰慕的。沈先生笔下的湘西风景和人物,时不时地会展现在我的脑海,跃跃然,挥之不去。他那娟秀的章草书法和他对古代服饰图案的研究成果,无不令人称羡叫绝。黄先生早年以版画著称,他的木刻《阿诗玛》,响誉海内外;国画和文章,又是我经常品读不厌,回味无穷,充满幽默的精神大餐。我的凤凰之行,很大程度上,是因了这两位文化名人而来的。

到得凤凰县城已是下午三四点钟的光景。晚上,县文联、县画院的领导和同行为我们接风,质朴、热情、豪放的湘西人的侠气,令我们亲近,而无拘无束,便也大嚼着牛肝菌炒腊肉,就着红辣椒下酒,一时间,热汗淋漓,高谈阔论。饭后,主人陪我去看演出,那独具特色的傩舞"单刀开山"、"赶尸"等,让我等惊叹不已。戴着假面具的人物,踩着铿锵的锣鼓点,有节拍地蹦跳着,实在是匪夷所思。动作粗犷而单纯,音响高亢而激越,似有无穷的震撼力,直令我看得双眼发直,出神入化。待节目转入苗舞苗歌时,那原声态的演唱,又好像置身深山峡谷间,听山谷传声,苗歌互荡。最后以"爬刀山"压场。熊熊的篝火苗,映红了半空,上刀山的人,赤手赤脚,踩着锋利的刀刃,直爬刀山竿头,且做着高难度的动作。一瞬间,心跳咚咚,直逼喉咙。好在有惊无险,晚会在热烈的掌声中结束。到凤凰才半天,湘西人给我的印象怕是终生难忘的。

以后的几日里,在凤凰城漫步,由西门到东门,再到北门,抚摸着石砌的城墙,端详那斑驳的城楼,俯瞰那泛绿的沱江,打量那吊脚楼和碉楼上的女人,寻觅那沈先生笔下的人物和黄先生纸上的风景。时而步入小巷深处,踏着光滑的青石板或红石板,偶尔伫立在老门楼下,赏读那神气逼人的门神画。是谁推开一扇街门,突然传来几声犬吠,顿时打破了小巷的宁静。穿街过巷,抵达山城高处,黄永玉的新居"玉氏山房"破目而来,大门上锁,挂一木牌,上写八字:"家有恶犬,非请莫入。"于此一端,当可窥见黄氏个性的一斑了。

徜徉于闹市之中,但见百货琳琅,蔬果鲜美,叫卖声不绝于耳,砍价声此起彼伏。稍旷处,一苗女白脸长身,装束青素,唯襟际、袖口、裤沿绣着精美的花边,独自坐在路旁,摆个小摊儿,有顾客时,答着问话;无顾客时,全神贯注地编织工艺品。这情致,是一幅绝妙的风情画。焦如意打开相机,那苗女似有点羞色,虽微微一笑,却扭过了身躯,作出不愿配合的样子。穿越闹市,步上虹桥。桥头联语数则,颇不俗,皆黄永玉手笔。入桥楼,摊位比肩而列,尤多售书点,图书中以沈、黄著述为醒目,遂选购三五册,以作留念。

步过虹桥,寻沈从文故居而来,时值大雨如注,匆匆走进正东街一家店铺,稍作停留,聊避雨淋。雷雨天气,说下就下,说停就停,没多久,雨过天晴,我们踏着湿漉漉的路面,来到了小营街十号的沈宅,小院清幽,山茶怒放,一只太平缸,清水满贮,防火浇花。正屋中有沈先生半身塑像,眉目间,颇具神思。墙壁上悬挂沈先生所书条幅二帧，一派洒脱韵致。左右二屋，陈列着沈先生的书桌、木椅，以及极为简朴的书架，颇见破旧的竹制沙发，这几件东西，皆是从北京沈居移来的。还有一件是从湖北收集到的沈老在咸宁干校时的用床，上面标有编号和沈老的姓名。我小心地摩挲着这些实物，它们曾经见证了先生的生活起居和著书立说，也曾沾溉了先生的体温气息。现在都静静地躺在沈家的老屋里，让人观瞻，令人遐思，从中多少可以窥见先生身世的坎坷和生活的俭素。在前院的东西厢房内，布置有先生生平照片的图板，陈列着不同版本的著述。听着工作人员的解说，一位身材不高，慈祥可敬的老作家，便会呈现在你的眼前来。

　　虹桥近侧，有个准提庵，寺不大，少香火，倒觉清静。入大殿，有香客二三人，焚香跪拜，颇见虔诚，老师太敲击钟磬，清响声声。佛坛左侧，有铜铸千手观音像一尊，是黄永玉先生设计铸造敬献的，大作精致是精致了，但与古之造像相比较，在气息和韵味上，似隔着一层，总觉得缺少点什么。大殿左侧靠近西山墙，开着一个小门，穿门而过，为一磴道长廊。廊之尽头，有屋数间，名曰"夺翠楼"。楼之壁，遍施绘画，约十余幅，各自成篇，互不连属，亦为黄永玉手笔。黄先生为家乡留此画作，也算是对乡梓的回报吧。壁画似在短时间内完成的，颇显粗糙，然每幅画面上都有题词，幽默风趣，发人深省，保持着黄氏文章的一贯风格，是很可品味的小品文。亢佐田诵读着这些题记，焦如意则打开摄相机，逐幅拍摄。我立在"夺翠楼"窗前，看楼外的杂树，泛青的远山，沱江的流水，涌动的浪花，听准提庵的钟声，悠远绵长。而沱江畔的捣衣声，梆梆入耳，间忽夹杂着三五声鸟鸣。满眼葱翠，满耳清音，这"夺翠楼"委实是凤凰城的一区胜处了。可惜半个下午，除我们三人外，竟不曾再有人来光顾。倒是"夺翠楼"下的茶楼酒肆中,人声鼎沸,热闹非常。

步下"夺翠楼",来到沱江边,忽发泛舟之兴,遂花三十元钱,租竹筏一只,泛沱江之上。船公长篙在手,点左点右,凌波逐浪,行进于凤凰城下。吊脚楼高高耸起,杂木柱长长垂立。坡脚下,河沿上,洗菜娘,浣纱女,浪笑飞声;小渡口,浅滩头,游人来渔人往,熙熙攘攘。望虹桥如画,看远山凝碧,掬一捧沱江水,哼几首边城曲,杜宇声声,漫游在山水里,享这等清福,几多时,忘归去。

小筏在沱江中打了个来回,行至"听涛山"前,我们舍舟登岸,爬上缓坡,来到沈从文陵园,只一随形石碑,立于山岩腹地,碑之正面刻沈先生生前的题辞:"照我思索,能理解'我';照我思索,可认识'人'。"碑之后面刻有张充和所撰挽词:"不折不从,亦慈亦让;星斗其文,赤子其人。"碑前有黄花数束,乃先我而来者所敬献。我静默地在陵园巡礼,兀佐田在碑前深深地三鞠躬,并低声自语:早年在京时,曾与沈先生有一面之交。抚今追昔,人天永隔,唯一册《中国古代服饰研究》静静地躺在我的书架上……

默默地离开"听涛山",沈先生笔下的人物"翠翠"们又活跃在我的眼前来,是那么清澈、明丽、灵动、鲜活和湿润,似乎永远蕴含着沱江的水气。

苗　寨

在凤凰,抽暇探访了苗寨骆驼村。村属腊尔山镇,距县城凤凰60公里,一路盘旋而进,茅舍俨然,鸡犬相闻,山花如阵云涌起,春色随夜雨飘来。

既抵苗寨,见修竹浓郁,古木参天,村舍倚山而建,起伏自然得体,石墙石基,大朴不雕。深巷幽邃,曲径拐折,房屋迭架,

有如楼阁交错,勾栏相通,煞如画中之景象。既入户参观,各家
自成体系,卧室厨房、猪舍茅茨,皆在一大屋顶覆盖下,生活倒
是便捷,陈设却极为简陋。村支书老石闻客至,即延至其家,端
茶点烟,加热糍粑,忙来忙去,热情可嘉。问起山寨情况,老石
说:"全村 980 多口人,靠农业生产维持生计,人均年收入 400
元,是贫困区。村民无钱,老屋不能翻新,就成了现在这个有点
破败的样子。"老支书说着搓搓手,显出一些无奈的样子。山寨
因为贫困,却保留了原始面目,谁曾料想,竟成了苗族文化的保
护区。随着旅游事业的发展,这山寨日后或许会热闹起来,苗民
的生活,自然也会得到逐步的改善。

离石支书家,顺弯路,小转山寨,见烤烟房两座,有村民言,
说烤烟是一项重要的经济来源。然烟叶烤制的水色最为关键,
它取决于烤烟人的技艺,因烤制水平的不同,烟叶的价位则大
有差别。

在村边,乌巢河顺山谷而下,上建一孔石拱桥,造型优美,
气势宏大,状若长虹汲水,高卧山谷间,甚可入画。沿桥而过,至
河右岸,一石碾,吱咂有声,石碾在水打轮的带动下,正不停地
转动,碾压那用石灰浸泡过的竹杆,翠绿褪尽,一片金黄。碾碎
成粉末,将制成纸浆,而后可加工成粗糙的用纸,这碾房当是骆
驼村最后的一处手工业作坊了。在出版物黄永玉的写真摄影册
中,有一幅画家在水碾前的特写,应是这里捕捉的。

乌巢河边,有几位妇女在洗衣服,一袭苗装,简朴典雅。捣
衣声夹杂着说笑,溅起一溪的浪花。几个少儿,在田头抓草虫,
蹦来跳去,不知止歇,野山谷充溢着无限的生机。

中午时分,离骆驼山寨,循原路返山江镇就午餐。餐毕,于
叭咕寨——被称为"苗王府"的神秘地方,参观了苗族博物馆。
在规模宏大、设防坚固的深宅大院里,处处流露着昔日苗王的

气派和威仪。馆长龙文玉先生为我们热情地介绍了建馆的情况。他本人是苗族,且对苗族文化的研究多有建树,担任着中国民族史学会的理事和湖南省苗学学会会长等十余个社会职务。他感谢沈从文、黄永玉等乡贤对他工作的多方指导和支助。我看到博物馆大门上方高悬的匾额,便是沈先生的手迹。在客厅里,我诵读了沈先生致龙馆长的手札,欣赏了黄永玉题赠的大幅对联。在展室,聆听着对苗族历史的讲解,审视着苗民生活、生产的用品,五彩缤纷的服饰,不可名状的武器,以及婚丧嫁娶时的陈设,这一切,都使我感到新奇并产生了极大的兴趣。

临行,应龙馆长之嘱,作字留念,合影握别。下午返回边城凤凰,明日将取道吉首而赴宜昌。夜来无事,草草命笔,聊记湘西行迹。

2004年5月1日

凤凰边城留影

新疆行记

九月八日

久有新疆一游的心愿,然感独自出行,多有不便,而欲结伴往游,多年又不得良朋好友,遂久久未能成行。

2005年秋,与亢佐田、焦如意相约,始得所愿。临行,文友薛勇见访,也欲同行,遂成四人小组。

上午,小钱(薛勇之司机)开车送我、焦、薛到太原,接上佐田。12点,共进午餐,下午4点50分,乘海南航空公司飞机,由太原武宿机场起飞,行1小时,抵西安咸阳机场。改乘下午7点半由上海经道西安开往乌鲁木齐的飞机。飞机因故晚点,只得在机场茶室品茗聊天,茶助话兴,未感索然。晚9点,方得登机离港,飞行3小时,到达乌鲁木齐机场,正午夜12点,时有新疆自治区书法家协会副主席郭际先生接机。几年前,我与郭先生在南昌参会中相识,会后又一齐偕湖北铸公先生游武昌黄鹤楼、东湖与汉阳归元寺诸胜迹。其时,与郭先生居一室,谈吐投缘契合,遂引为知交。此番来新疆,行前互通电话。劳郭先生之安排,甫下机,便开车引领乌市新区。入住新疆军交宾馆,时已夜半1点40分。

乌鲁木齐与北京时差2小时,此地午夜12点,方北京晚上10时整。我躺在床上,似无睡意,白天在飞机上所见的景象,顿化于眼前来,飞机过晋西,下视丘陵起伏,沟壑纵横,山道弯曲,黄河如丝,阳光云影,时见变化。方入关中,平畴千里,沃野如画,稼禾满眼,一片葱翠,时已九月,尚不见秋色之端倪。由陕入陇而新疆,飞机在夜间行进,窗外一片混沌昏黑,偶见地面上有灯光闪烁,那是一处未曾入睡的城镇呢?还是一处新开发的油田工地?

九月九日

因平时习惯,早晨 6 点便醒来,到 8 点,窗户方见曙色。9 点,郭际先生到宾馆来,同进早餐。饭后,在附近街头漫步,并逛一小公园。园林设计,虽嫌驳杂,然草木清新,尚有硅化木置诸园中。因初见此物,亦感新奇,顺手抚摸,瓷实清凉。新疆,虽为西北边陲,时值秋季,天尚不冷,昨晚下飞机时,地面温度还有摄氏 20 度之高,凉风吹过,甚感舒适,远非古人诗中写到的"北风卷地白草折,胡天八月即飞雪"的景况。

上午 11 点,新疆自治区书协主席赵彦良先生见访,并携以哈密瓜、吐鲁番无核葡萄、西域蟠桃等佳品见饷。叙谈中,知赵先生近患眼疾,甫自医院归家,得知我等抵新,即来探望,并订"菜根香"餐厅,于中午为我们接风。午餐前,由郭际陪同,游红山。坐车出,经"揽秀园",穿林荫道,至红山顶,于"远眺楼"下,俯察乌市,高楼林立,绿树掩映,车来人往,生机充溢。至"镇龙塔"下,觅纪晓岚踪迹,听故事传说,也颇开心。

主人好客,午宴自然是十分丰盛的。赵彦良、于小山(自治区书协副主席兼秘书长)、郭际等先生在席间,频频轮番举杯劝酒。我虽不善饮,在此场合中,便也多饮了几杯,一时面红耳热,竟不知是在他乡作客,而融与了新朋旧雨的欢乐之中。

午后,郭际先生导引我们游"二道桥"国际大巴扎。到乌市,这是第一个不能或缺的好去处，它有"世界第一大巴扎"的美誉。首先闯入眼帘的是直冲云天的观光塔，接着看到的是演奏大型歌舞节目的露天剧场。继而行进在热闹的休闲广场和近万个摊位的涉外店铺。在充满浓郁伊斯兰特色的市场里，让你眼花缭乱，处处感到新鲜，土耳其的地毯，巴基斯坦的铜器，羊蹄和牛皮制作的马鞭，英吉沙的小刀，和田的美玉，天山的雪莲，还有五光十色的干果，制作精美的乐器、花帽和绣品，富有民族特色的衣服……一切的一切，让你应接不暇，留连忘返。更有那些幽默风趣的售货员，骄悍英俊的小伙子，眉清目秀的大姑娘，边卖货边起舞的老大爷，捋着翘起的八字胡，挑逗着路过身边的胖得出奇的老大娘，于此时，腾起一阵欢笑，引来无数顾客。逛着商店，看着节目，踏着乐器店弹奏琴弦的节拍，欣赏那琳琅满目的商品，伴随那头顶大盘堆满热撒子或烤馕的小贩，有如步入西域风情博物馆，颇感赏心悦目，能不啧啧赞叹。

　　走出大巴扎，已是下午 5 点，时有小雨袭来。忽感小有寒意，遂加穿外套一件，也不敌边陲风急。当是时也，才体察到"西北天候，说变就变"。

　　晚 8 点半，又是宴会，由郭际先生作东。郭夫人来了，赵彦良、于小山二位也来了，还有不曾相识的几位书画家。在"蓝天海鲜楼"一个大包间，济济一堂，主客互致高谊，气氛分外热烈。席间，有蒙古族中年男子拉马头琴者，引领两个女儿唱劝酒歌，边舞边唱，捧举银杯，敬献哈达。我不能饮，又不得不饮，索性仰头，引杯而尽。顺口而说："我今更尽一杯酒，西出阳关多故人。"郭际先生接着吟到："莫愁前路无知己，天下谁人不识君。"我忙说："岂敢，岂敢。"一时间，掌声四起，笑语不绝。接着有新疆美协原秘书长蒋先生者，为大家讲笑话助兴，一小段后，意犹未尽，学一口吃者讲演，甚是妙肖传神，也令大家捧腹而喷饭。酒至午夜散席,我扶醉而归;薛勇等青年,意兴不减,遂约于小山等先生往茶社剧谈,不知时过几许,抑或彻夜未归。

九月十日

今日拟游天池。昨夜有雨,似感寒冷,恐天池已降雪花。早餐后,径往西单商场添购羊绒衫一件,以防上山受冻。12点(相当于北京时间上午 10 点),乌市旅行社周经理安排张师傅开车来接,并委小边小姐作导游。出乌市,一路笑谈,经米泉、阜康,南向入河谷,白浪激流,奔腾不息。帐棚绿树,点缀两岸,骆驼牛羊,时见往来,百年老榆,比比皆是,哈萨克牧民,骑马而过,衣着亮丽,英姿潇洒。一路风景,满眼图画,山中景趣,令人激赏。后穿石门,谷深山高,长天一线。待到得天山停车场,改乘登山车,往天池而来。山道弯弯,坡甚陡折。车外塔松渐密,得似列队迎宾,生机健旺,苍翠可人。行进间,导游小边,指路旁一池说:"那是小天池,传说是西王母的洗脚池。"听此名号,令人顿生憎恶。好端端一池碧水,微风起处,涟漪不绝,竟让西王母的臭脚玷污了,实在大煞风景,有碍观瞻。传说归传说,导游莫再说。

至山顶,大天池奔来眼底,池面壮阔,波光浩淼,衬以蓝天雪峰,塔松奇石,在阳光照耀下,深感景色之瑰丽,造化之神奇。正昨夜乌市小雨,而天山降雪,将这博格达峰的山脉,装点得晶莹剔透,风情万种,伴着参天的林木,倒映在池面上,影现出梦幻般的景致来,让人沉醉,令人遐思,想那西王母大宴周穆王的威仪,是何等的景况呢。

在天池西北的山头(我们所在的位置)有商业摊点,多为哈萨克男女青年做生意者,有叫卖烤羊肉串的,有出租民族服装摄影的,有卖雪莲、鹿角等药材的,加之熙熙攘攘的游人,为幽静深邃而有寒意的天山一角,平添了许多热闹。中午了,走进一家民族风味餐馆,因为时间的紧迫,无暇品尝那奶茶、马奶子、马肉、那仁(羊肉汤煮宽面条)的味道,只每人花 15 元,来一盘手抓饭。说是抓饭,我们却不曾抓着吃,因每个饭盘中,放有一只小汤匙,我等用汤匙进米饭,那是童年时就用惯的。这抓饭,油很大,间以胡萝卜丝和洋葱丝,看上去,很是漂亮,只是米稍顽硬,颇费咀嚼。盘中上加羊骨头二大块,也未烂熟,连骨筋肉,难于啃食,也只好置之不顾了。

下午,游东小天池。沿天池北沿东去,惟青松钻天,碧草铺地,游人渐少,境极清幽。于坡头见有哈萨克少年四五人,牵小羊一头,弹拨乐器,拉扯游人,欲求合影,以收小费。诸孩子天真可爱,其眼神也颇让人怜悯,遂与之叙话,并与之合影。别诸少年,沿陡坡仄道而下,崖谷幽深,山风乍起,阵阵寒意袭人。至谷底,忽闻水声溅溅,循声南向而来,见有瀑布高悬,飞降而下。如雪飘洒,如练翻卷,此正所谓天池一景——"悬泉飞瀑"。

瀑之下,河之中,乱石横陈,中置一亭。小憩亭间,对瀑良久,看飞流变化,不知止息。夕阳斜照,顿现彩虹,光怪陆离,甚是迷人。听悬泉喧闹,山谷回响,惊鸟高飞,灭于混沌,不觉暝色四罩,循原路而返。返回乌市,已是下午 7 点许。

晚 8 点。新交朋友张树新先生,在一家维族餐馆招饮,有烤腰子,烤羊排,烤包子,羊肉串,包肉饼,浇菜面,羊杂汤,丸子汤等风味小吃,佐以伊犁白酒。人以菜佐酒,我不能酒,则以酒佐餐,胃口随之大开,品尝起诸般小吃来,一天的疲累,也为之忘却。

九月十一日

在郭际先生的精心安排下,有旅游公司人员的陪同,往游吐鲁番。出乌鲁木齐,车行 80 里,经道达坂城,在车中播放着王洛宾乐曲,大家不约而同地跟着唱:"达坂城的姑娘辫子长呀,两只眼睛明又亮。"有人说:"不能下车看看达坂城的姑娘,有虚此行。"这插科打诨自然引出一阵哄笑。

将到吐鲁番,看到一排排的三叶风车。这是亚洲最大的风力发电站。其时,阴云下垂,雨丝斜飘,而风力正盛,旋转的风车发出呼呼的声响,其声势有如千军万马的搏斗。导游介绍着左宗棠大军的辎重,经过此地时,军饷被大风卷去的故事,我却想起了塞万提斯笔下的人物,堂吉诃德大战风车的喜剧,实在匪夷所思,不禁哑然失笑。

先去走访高昌故城。故城始建于汉,盛于唐,而毁于明。今之所见,惟高低起伏之台基,夯土所筑之残垣断壁。搭乘有编号的驴车,游览于古城遗址之中,车帘翻卷,黄土飞扬,满目苍凉,残破凋零。千五百年的胜迹,高耸的双塔,亦只土柱而已。古城西北,有残留的大佛寺,据说当年的玄奘,经过其地,讲经月余,备受款待。而今人来看,只能在遗留的佛龛和断壁上,依稀见其雕塑和壁画的痕迹。随着大自然的剥蚀和旅游日盛的践踏,这座享誉海内外的国保文物单位,迟早归于寂灭。

曾经辉煌的古城,破败无存了,令人悲哀;如果让这残破的遗址再消失,那便是今人的罪果。我知道这里还有一座世界上最古老的土城——交河故城,因时间的关系,只好割爱了,且留待他日的造访。但愿它被护持得更加完好些。

离高昌故城,寻火焰山而来,时近中午,红日当天,砂砾遍地,天地之间,大山横亘,山多褶皱,通体赭红,草木不生,鸟兽无迹,似有烈焰闪烁,热气腾空。惟山脚下,几只骆驼,在沙碛中,载着游客在缓慢行进,几声响亮的驼铃,打破了沉闷的气息,荒漠中才传递出一丝生气。人行沙漠之中,舌焦口燥,眼迸金花,火州之名,信然不虚。想那当年玄奘,行脚此地,无大精诚和愿力,便会知难而退的。

火焰山下,近年新建了一些旅游景观,然感设计拙劣,得似早年货郎担中玩具。我无孙行者之本领,若能借得芭蕉扇,将这些捞什子,一并掮去,免得污人眼目。热浪蒸腾,在此不能久留,匆匆进餐馆,吃一盘拉条子后,为避火焰,落荒而逃。

来到葡萄沟,似乎进入了一个清凉世界,尽管它还在火焰山下。此地屋宇俨然,老桑夹道,时花竞放,而葡萄架往往形成斗折的长廊。廊之尽头,屋檐深广,凉棚高架,真有点庭院深深深几许的意境呢。见有客至,主人迎了上来。在室内,或在凉棚架下,或在葡萄园中,搁一大床,施以地毯,上置小桌,客人列坐其次,主人摆上瓜果干鲜。任人品尝,分文不取。与此同时,音乐响起,有维族姑娘和少年,闻声起舞,打着旋子,彩衣飘举,耸肩蹲步,扭腰顿足,少年唱道:"我有房子,我有钱,请你嫁给我吧!"姑娘答唱:"爸爸不同意,妈妈不同意,我也不同意。"送一个飞眼,堆满脸微笑,双手摆动,肩背抖擞,顾盼之间,眉目传情。曲终,少年半跪,姑娘鞠躬,博得了满堂喝采,四座欢呼。更有青年游客,应邀起舞,奈何舞步零乱,不能合拍,竟踩了姑娘衣裙,忙答礼致歉。场内又是一阵哄笑,那青年有点腼腆,竟臊得满脸通红。

葡萄架下,藤蔓盘曲,绿叶交辉,硕果累累。无核白,玫瑰红,马奶子……望之若雕冰琢玉,煞是可爱;尝之如玉液琼浆,香留舌本。于此逗留,不忍离去,又不得不离去,临别购葡萄干数品,以为答谢主人之感情。

如果说葡萄沟是一个清凉世界,那么,坎儿井更是人间月窟了。入此地下大运河,但见彩灯高悬,绿水长流,灯火交辉,神奇莫测。积雪消融的井水,品尝一口,凉沁肺腑,通体康泰,连那火焰山带来的炽热,也被冲刷得荡然无存了。

下午六点,一位姓马的先生自驾车来坎儿井,在相约的地点迎接我们。这自然是郭际先生早已安排的行程。主客见面后,便驱车近百公里,来到中学时期就已知道的一个遥远的地方——鄯善。

抵鄯善,已是晚上9点,入住龙宫宾馆,稍事洗漱,到街头吃地方风味羊肉揪片。饭后逛县城,所见景象,一洗我脑海中"一片孤城万仞山"的构想。但见高楼拔地而起,街灯流光溢彩,道路宽绰平整,俨然一座新兴城市。到得广场,花灯朗照下,更是壮阔惊人。听主人介绍,知道该广场占地369亩,地面皆以花岗石铺设而成,为西北五省之最,是一时名声远扬的形象工程。而在此广场的建设中,竟隐藏着官商勾结的弊案。事发后,县委书记锒铛入狱,石材商人自杀身亡,涉案人员,多至30余名。听此事件,不禁要问:如此"领导","人民公仆"呢?人民罪人?天公不语,人心自明。

九月十二日

上午,往游库姆塔格沙山。山在县城西南角,近在咫尺。方出城,即见大漠沙山,起伏绵延,无边无际,东至阳关,北抵天山,南接罗布泊,是何等的浩瀚和气派。方到山麓,我等脱去袜子,连同鞋子放进背包,打着赤脚,行进在沙山的脊梁上,虽感松软,却颇吃力,一步一个脚窝,印迹长长的留在身后。而远远近近的坡梁沙碛,因了一夜天风的打磨,或光洁无痕如绸缎,或梳理出一道道的波纹来,在初日的光照中,阴阳明快,造化神奇。坐卧其中,天人合一,物我两忘。

赏读这大自然的杰作,我忽然想到了"束云作笔海为砚"的诗句,竟又引发出奇想来,今天独立天地间,何不以沙漠为绢素,任情挥毫,一抒胸臆,遂捡起薛勇的相机支架,以为铁笔,立成"天山在望,犹见王母"八个大字,正"椎画沙"之尝试。佐田见状戏曰:"巨锁书沙,库姆塔格。明日来观,胜迹无辙。所赖薛勇,写真定格。老友文静,今发清狂。何以见之,神采飞扬。"

在库姆塔格沙山上,远望天山,白雪如带,横陈天际;近瞰鄯善,绿树一抹,点染城闉。沙似无声而有声,我若有思而无所思。亦东坡先生"以受万物之备",幸何如之,幸何如之!

沙山门外,城之南隅,有泉涌起,泉眼多多,竞相鼓荡。泉之上,有老柳覆盖,或斜倚,或倒卧,垂丝交织,百态千姿。此柳传为左宗棠所植,故名"左公柳"。柳之下,长渠绿水,淙淙有声,其境幽极静极。只三五游人游弋其中,清声软语,或来自水乡江南。

在库姆塔格山上,悠游放逸;在"左公柳"下,畅发思古幽情,不觉时过二小时,似觉尽兴,便回县城。顺路参观几家奇石馆,诸名佳品,妙有神韵。据说,乌市之奇石,亦多来自鄯善。在馆中,品茶赏石,摩挲把玩,其乐也无穷。

下午,我们一行,由马先生驾车。出鄯善县城,经连木沁镇,穿色尔克甫火焰山大峡谷。山高谷深,林木无迹,峰峦赭紫,热浪蒸人。行约60里,路旁,有一大佛石,以简易房屋保护,房门上锁,从窗棂间窥视,大佛模糊,风化残重,言为唐物,弃若草木,能不令人叹息。待走出大峡谷,地面渐见开阔平坦,已是鲁克沁镇地域,绿洲沃野,老村古柳,其间又蕴藏着多少神奇的传说和悲壮的故事。只要你有时间,在镇里,用心聆听那古老的"吐鲁番木卡姆"的演奏,或许从中会感受到一些历史的脉搏,也会引发出你无尽的想象来。

当我们走进吐峪沟村的时候,首先看到是一座古老的清真寺教堂,虽说规模不算大,然而高耸的绿塔顶,在土黄色的村落中,是十分醒目的。村子坐落在吐峪沟的南口。村旁的西坡上,有气势可观的大麻扎,据说它是穆罕默德的五个弟子和中国第一个伊斯兰教教徒的墓地。因此也就确立了它在中国为第一大伊斯兰教圣地的地位;被誉为"中国的麦加"。从此以后,逐渐形成了今天我们所看到的特具阿拉伯风格的陵园建筑以及长年不断的朝圣者和观光客。

在吐峪沟, 最引我注意的是那满沟的葡萄园。也许是因了在这炽烈的火焰山中, 绿色给人们以精神和希望, 驱除着疲劳和瞌睡。只有在这炎热的大漠中, 你才会感到绿色的可贵。何况这里的葡萄园, 正是那名驰天下"无核白"的原产地。时下, 葡萄已入晾房。那些建在高坡上, 用胡墼迭砌的大房子, 便是用来晾葡萄干的所谓的"荫房", 四壁有如江南镂空的花墙。远远望去。俨然是一件雕琢精美的工艺品。高大的晾房内, 通风透气,一根根高竿竖立其中,高竿上横出一排排短枝,短枝上迭架葡萄,在这通风而又干热的荫房内,葡萄脱去水分,葡萄干就会逐渐形成。品尝几颗半干的"无核白",口中留下了回味无穷的酸甜。

在吐峪沟,我们走访了一户维族人家。步入大门,似乎没有庭院,因为在厚实高大的围墙中间,除去一棵笼罩四周的白杨外,便是堆满空间的柴禾,还有在柴禾间进食的三只小羊。紧贴墙角,砌起一条通向主人楼居的通道。进入居室,维族一家人正在进午餐。男主人和我们打招呼。小孩子瞪着双眼,打量着我们这些不速之客,竟打扰了他们那安闲而朴素的生活。室内光线不足。有点晦暗,只在北墙上开了一个小窗,窗口挂着一只柳条小篮,除炕头堆放的一些衣被外,似乎找不到什么现代化设备。看来,这里的人们,还是不富裕的。马先生和男主人用维语交谈着,我们几人是无能插嘴的。

走出维族人家,在紧邻的一户大门前停下。这大门是十分的讲究的,曾经施过彩绘,因风雨的剥蚀,眼下是难以辨别其颜色了。而临街西墙上的窗棂,虽然残破,然而还能显示出当初雕花的精美。在大门的门楣上,标有一行简介,知道这个院落曾经是德国冯·勒柯克居住过的地方。就是这个所谓的探险家,将吐峪沟千佛洞的壁画盗窃殆尽。当我们走上高岗,俯视那千疮百孔的洞窟时,心中的不适和愤懑是无法排除的。

看看表,已是下午6点,便沿新开的吐峪沟大峡谷通道,经苏巴什买里(水源地),转入312国道,行80余里路程,返回鄯善城。

今日,旧历八月初九,是我67岁的生日,自不愿声张,深恐为主人添出麻烦来。晚上,再到"祥云"餐馆。吃那经济实惠而又可口的羊肉揪片。席间,喝一杯楼兰红葡萄酒,聊解一天的疲劳。待走出餐馆时,皎洁的月华,已悬诸西域宁静的夜空了。

九月十三日

早餐毕,搭车离鄯善。10点到吐鲁番市,因市葡萄节刚过,沿街彩旗飘扬,花团锦簇,仍是一派节日气氛,洒水车刚刚开过,路面湿漉漉的,一派清新。穿过长街广场,到长途汽车站,知开往库尔勒的客车已经发出,只好购得发往和田而经道库车的客车。待上车,发现是一辆十分破旧的大客车,车上座位又甚逼仄,且车厢中充溢着一股股腥膻味。我等长途跋涉,似不能适应此种车况,便又匆匆下得车来,退掉车票。在站口,经协商,包得一辆小轿车,心方踏实下来。然时值新疆自治区成立50周年纪念前夕,车往南疆,上路检查甚严,出租车还需补办手续,加之补充油品,调换轮胎,司机玉素甫师傅开着车,跑来跑去,已过中午时分。待发车准备工作一切就绪后,遂邀我们,直奔其家,招待午餐。玉素甫,33岁,维族,初通汉语,个性活泼,每说话尾声高扬,也见风趣。胖而圆的脸庞,总是带着微笑。其家有二层小楼,上层出租,下层半在地下,以为自用。入室,颇感清凉,但见沙发地毯,布置有序,日用电器,一应俱全。玉素甫坐下来,陪我们聊天;其妻先是端茶切瓜,后又忙着为我们准备午饭。

我走出院中,见那女主人正在净洁的凉棚下做着"拉条子"。蘸油的面条,在其手中打着花儿拉出来,有如变戏法似的,放满了一盘又一盘。我欣赏着她那轻松而娴熟的拉条子的技艺,并和她交谈起来。她说她在市统计局工作,上班很紧张,下班做饭、洗衣,一切的家务,都得自己忙。维族的男人,回家是不做家务的。她说着话,不时地向屋里的丈夫瞟上一眼。她有两个孩子,一个五岁,一个才六个月,由公婆照料,住在交河故城附近的农村里。说话的当儿,她的小姑子(玉素甫的妹妹)回来了,和客人见面后,便帮助嫂子去做"浇菜"。小姑不久前由自治区师大毕业,学幼教,现正在吐鲁番幼儿园实习。据说此处非本科生,不能作幼教,亦足见当地政府对幼教事业的重视了。

"拉条子"端上了餐桌,我们品味着女主人的烹调技艺,玉素甫见我们吃得很香甜的样子,说笑着在妻子面前举起了大拇指。不难看出,这是一个温馨而幸福的小家庭。

饭毕,已是下午3点,谢别女主人,便开始了南疆的行程。初出车,是走在乡间小路上,路面坑坑坎坎,十分难行,到托克逊县城50里,竟用去了1个小时。过县城转上314国道,在平坦宽绰的路面上跑车,玉素甫师傅高兴得唱起来,有时两只手同时离开方向盘,做着维族舞蹈的动作。我劝他小心点,他说不碍事。

车行在国道上,眼前的景色实在是太单调了,荒凉的干谷,无尽的戈壁,无一草一木,无一鸟一兽,有的只是黄沙和黑坡。

我的眼睛不禁犯起困来,硬撑着的眼皮,还是不由自主地合拢上。玉素甫再也没有了先前那又唱又舞的兴致,只是一心一意开着车。车内了无声息,想必诸位同行,早已合上了眼睛。

经和硕到焉耆境,已过下午7点,幸有树木、水草、芦苇等绿色出现,精神为之一振。在戈壁滩上,时见有辣椒晾晒,红红亮亮,有如地毯,为广漠添一图案,铺陈有序,亮丽无边。过县城,时近下午9点,夕阳西下,天渐昏黑。路上多有大客车,拉油车,往来不绝,皆为夜以继日行驶者。到巴州(巴音郭楞)的首府库尔勒,已是晚上11点,然夜市正热,灯火通明,一座地处天山南麓新疆腹地的新兴城市,展现出欣欣向荣的风貌。因长途奔波而疲惫,便也无心再领略那夜市的风采,匆匆步入一家餐馆。我们每人吃一碗臊子面,喝一点啤酒;玉素甫师傅则要了15根羊肉串。需知这里羊肉串不像内地那么小巧,每根足有1.5尺长,裹着大块的羊肉,看上去,有点像北京糖葫芦的模样。师傅大口吞食着,仅10几分钟,便收拾了战场。我们欣赏他那风卷残云的食相,实在是太可爱了。于此,也可窥见他身体壮实的一斑,以及他此行能量消耗的巨大了。

酒足饭饱,住进一家叫"阿尔金"的宾馆,已是午夜12点。

九月十四日

晨起,离库尔勒,向库车而来。一路风光如昨,只是在西行的路上,北望天山一脉,山顶白雪圣洁,南望大漠无垠,黄沙中,时有骆驼刺、红柳等植物,稀疏瘦弱,偶见黄杨树,树龄不大,叶也未黄,远非影视中所说生来一千年不死,死后一千年不倒,倒后一千年不腐的英伟和神奇。这些聊胜于无的植物,给沙漠以些许生机,给旅人一丝慰藉。

在荒漠中行360里,抵达轮台,正上午10点,街头早市,也颇热闹。我们在一家餐馆的大棚中坐下来吃早点。一大碗"汤饭"(西红柿加青辣椒烹炒的汤锅中煮少许面片),一个油馕(加羊脂油、葱花的烤馕)。热乎烫嘴的刚出炉的香馕,就着飘红浮翠的汤饭,吃喝起来,甚是可口,入肚未几,浑身舒坦。西域古城的早上,颇有一点寒意。没想到,这早点,竟成了驱寒提神的药剂。

在街头,看着行人和车辆,穿街而过,行色匆匆;而在热闹的早市摊点中,身着褐衣花帽的男女,进食或购物,却是一副闲适自在的样子。烤羊肉串的摊点上,引来无数的黄蜂,嗡嗡吟唱,是迷恋这红白鲜嫩的羊肉呢,还是赞叹那维族青年卷肉的技艺呢?那深深的馕坑,从中冒出炽热的气流来。烤馕人疾速地把一只刚做好的生馕置诸馕坑的炉壁上,马上伸出手臂,双手一拍,又去拿另一只生馕了。这便是我所看到的,今日的轮台的早晨。

晨风吹过,几首古诗竟在胸中涌起:"轮台风景异,地是古单于。三月无青草,千家尽白榆。蕃书文字别,古俗语音殊。愁见流沙北,天西海一隅。""僵卧孤村不自哀,尚思为国戍轮台。夜阑卧听风吹雨,铁马兵河入梦来。"还在沉思中,因了玉素甫师傅催我上车,才缓过神来,离开了岑参和陆游的诗境,再上路前行。

车行1小时。到库车县城,这是我多年向往的地方。先让车在街头兜一圈,然后入住龟兹宾馆116号,时在下午1点30分。稍作洗漱,吃午饭。到新疆以来,每以牛羊肉为主食,今天想吃得清淡些,便点了一桌以蔬菜为主的素食。玉素甫见势就要离去,他说要外边去吃。其实维族人离开馕和牛羊肉是填不饱肚子的。很抱歉,我们有点疏忽了,赶紧为师傅安排适合饭菜。

本拟在宾馆休息一个下午,好养足精神,寻觅胜迹。奈何一到龟兹,心情便为之激动,躺在床上,终不能入睡,遂又起来,商诸同行,相偕外出。在这曾为东汉"西域都护府"和唐代"安西都护府"的地方,其文物古迹,定是会让我大饱眼福而受益多多的。

先访龟兹古城遗址,寻得二处,距所住宾馆不远,徒步而来。所见故物,甚为破败,仅存一段矮矮的土台子,且周边环境极差,遗屎拉尿,不堪入目。虽也设有保护标志,然在其壁上,除标识外,胡写乱画者,比比皆是。本地民众,皆不以为是古迹,任其破坏,无人过问。惟墙外有古柳十数棵,枝叶婆娑,可百年老物,为古城墙遮当头烈日,添几许清凉。

快快离去龟兹古城遗址,寻苏巴什故城而来。这苏巴什故城,便是唐僧玄奘西天取经经过的地方,并在这里讲经月余。在他的《大唐西域记》的著作里,是有短小精炼不满百字的文字记叙的,那便是题为《昭怙厘二伽蓝》的文章,谨录于下,以见梗概:

> 荒城北四十余里,接山阿隔一河水,有二伽蓝,同名昭怙厘,而东西随称。佛像庄严,殆越人工。僧徒清肃,诚为勤励。东昭怙厘佛堂中有玉石,面广二尺余,色带黄白,状如海蛤。其上有佛足履之迹,长尺有八寸,广余六寸矣。或有斋日,照烛光明。

这名震古今的昭怙厘二寺,询诸当地人,皆不知其所在,便依"荒城北四十余里"处而来。路况甚差,行县城东北 20 公里处,幸有往"苏巴什故城"指示牌,大喜过望,速速而往。至 23 公里处,便可见到"二伽蓝"的踪影。寺在确尔格达山南麓,库车河两岸,正"接山阿隔一河水"之谓也。我们到西昭怙厘大寺巡礼。所见遗址,规模宏大,寺依山之缓坡而建,经堂、僧舍、佛塔,依稀可辨,虽残垣断壁,却颇高大,或十数米也未竟。就中一塔殿基座,周长可 300 米,土墩隆起,上以土坯筑室。我沿北坡之小路,攀缘墩顶。于此高处,一望东昭怙厘寺,更见气势恢宏,墙垣密集,残塔古柱,直仰苍穹。库车河,早已枯竭,惟见河床裸露,沙石铺陈。岸之上下,亦无林木,东西大寺,仰卧天际间,任风吹日晒,雨打霜欺,千余年来,尚留胜迹。我对之,既痛息嘘唏,亦骄傲赞叹。

先我们而到西昭怙厘大寺者,有台湾人士 20 余位,多高年白发,有夫妇相扶持而考察者。他们在残垣中寻觅,在断壁上抚摸,有人摄影,有人记录,时见驻足讨论,神情亦颇专注,远非一般游客,视为专家学者,或不为错。我等一行,意在踏寻玄奘足迹,感受玄奘精神,求知励志,怡兴陶情,漫游不息,永以为乐也。

由苏巴什西去,寻克孜尔尕哈烽燧。在枯竭宽阔的河之滨,隆起高高的台地,在满布红沙砾的台地上,跃然一物矗立天地间,高可四丈有余,它便是新疆最早发现的保存最为完好的汉代烽燧。这宏大的胜物,衬以蓝天白云,苍山荒漠,伴着起伏无状的雅丹地貌,更显出一派浑古和苍凉。我们四五人,游弋其下,其渺小有如蝼蚁。而东北方向望去,可见那克孜尔尕哈佛窟,淡黄色的岩壁上,洞窟有序,磴道历历。

两千年的烽燧见证着西域的沧桑变化,红沙砾中偶然拾起的锈迹斑斑的箭簇,揭示着当年出使西域将士们的鏖战;烽燧上不再升起的狼烟,告诉我们今天的西域,各族人民备受战争杀伐的结束,过着宁静而逐渐富裕的生活。

在返回库车的路上,车停在一棵大柳树的凉荫中,卖瓜的维族姑娘,用她那长长的月牙刀,切开一个红沙瓤的大西瓜,然后提起长嘴高颈的西域壶,为我们净手。接着,各自拿起大瓜瓣,狼吞虎咽吃起来。食相不雅,而惬意有余。司机和卖瓜的姑娘逗着笑,他们打着维语,我们自然是听不懂,但那幽默风趣的表情,爽朗豁达的大笑,看着听着,也是让人开心的。

返回老城,游库车清真大寺,据说这是新疆境内的第二清真大寺了,仅次于喀什的艾提尕尔大寺的。高大的门楼和宣礼塔,能容纳五千人的礼拜堂,图案精美绝伦的窗饰,庄严肃穆的"宗教法庭",以及幽静的庭院,葫芦高架,古木垂荫,这一切,都给我以清晰而美好的印象。坐在清真寺外对面的台阶上,我审视着这清真寺的大门,典雅素朴,一派伊斯兰的风格。寺门前的小广场上,有五六个小孩子在玩耍,嬉戏打逗。有一个约莫四五岁的小女孩,赤着脚,被另一个比她稍大的女孩追逐着,这小女孩,竟数次扑到我的怀里来,以求袒护。她不畏生人,甚是活泼,惹人生爱。我抚摸她的头发,她报以天真烂漫的微笑后,又去与那个追她的孩子去戏耍。而坐在不远处的一对年轻恋人,依偎着弹拨乐曲,还不时打量着周围的游人。薛勇又按动相机的快门,将这一幕收入他的西域风情录。

在库车的街头,西瓜摊上,清真寺前,我感受着玄奘在"屈支国"(龟兹)中所描写的景况:"管弦伎乐,特善诸国,服饰锦褐,断发巾帽"。"洁清耽玩,人以功竞"、"气序和,风俗质"等特色。时逾千年,风俗犹在,此正可圈可点者,故乐而记之。

九月十五日

早点后,离龟兹宾馆,出库车老城,往克孜尔千佛洞而来。经道叫"盐水沟"的地方。地貌尤为奇特,山体似因暴雨冲刷,洪峰扑击,或因山风肆虐,雷电击劈,造成岩峰斜出,倾倒一向,千疮百孔,罅窍生声,又若兵刃相搏,大炮轰摧而成如此破败,以致怪石似厉鬼,欲下搏人。停车一观,心生恐怖,遂即离去,尚有余悸。

10点许。入拜城县境，雀勒塔格山破目而来。山峦挺秀，五彩缤纷。天山一脉，竟如此瑰丽多姿，亦平生所见又一胜景。未几，抵克孜尔千佛洞山脚。但见山光水色，交相辉映，绿树池塘，生意葱茏。在这西域难得一见的佳山胜水间，首先看到的是熠熠生辉的译经大师鸠摩罗什的紫铜雕像，哲人眉宇间，充溢着睿智，流露出沉思。排列在明屋达格山上的克孜尔洞窟，有新建的磴道和结实的扶梯连接。手扶栏杆，进入石室。洞内雕塑早被盗取殆尽，佛坛空空；而壁画也被切割得残缺不全，支离破碎。所幸万劫不灭的剩余部分，仍是色彩鲜焕，光华照人。却看这"舍身饲虎"和"兔王焚身"等本生故事的绘画特色，得似敦煌壁画，极具西域风格，此中可征印度、波斯文化之影响，也见中原文化之营养。面对庄严的诸佛说法图，如听谆谆教诲，顿生崇敬之心。而置身伎乐飞天图下，如行丝路花雨之中，耳畔妙音缭缭，眼前仙女飞升。在这精美而残破的艺术长廊中，我的心情是复杂的，既惊叹古代艺术家技艺的精绝，又生发出对破坏者的憎恨。今之佛窟，早已成为国保文物单位。有专人管护，这国之瑰宝，当不再受摧残。

离克孜尔石窟，将至拜城，景色更为宜人，水草充沛，林木成荫，稼禾满眼，绿海涌地。在南疆大漠中，当是一块明珠，奈何我等行脚所限，未能入城一看。下午两点半，到名叫"玉尔滚"的地方，有人说这里曾是玄奘经过"跋禄迦国"的都城。当时为"邻国所重"的"细毯细褐"，而今不复见卖。其午饭，仅有"拉条子"勉强一饱，接着上路。

时已过午，疲惫袭来，强睁睡眼，见窗外北山，有红、绿、黄、灰、黑五色相间，间有白色者，为坡头盐碱；路南沙碛中，多骆驼刺，红柳，时有成片者，淡紫中泛着绿意。一路色彩，虽有变化，却消不得半点困顿。看公路上跑的红色小轿车,恰如瓢虫;而铁路上那行驶的火车,便似蜈蚣了。

下午的太阳,不减其威烈,我坐在司机的近侧,光射面颊,满脸热汗,油渍竟浸透了衣领。人处在似睡非睡,似醒非醒的状态。忽见在远处大漠中,卷起一柱大旋风,气势汹涌,扶摇直上,恰似"大漠孤烟直"诗意的再现。

车到巴楚境的三岔口,稍作休息,吃个大西瓜,聊以解渴。下午9点半,抵达喀什,完成了一天760公里的行程。住进喀什军分区舒适明亮的宾馆,倒是没有一点睡意了。

这喀什,是横贯欧亚大陆丝绸之路上的重镇。喀什地区与巴基斯坦、阿富汗、印度、吉尔吉斯、塔吉克斯坦五国相接壤。翻越葱岭,便可到印度、西亚和欧洲。在国内,这喀什地区比山东省的面积还要大。在喀什街头,10个人中或能有一个汉人。看到的多是维族,塔吉克族的男女,穿着艾德莱斯绸的梦幻般色彩的姑娘,以深色盖头蒙着面孔的女人,巴扎上聚堆的维族汉子,坐着小驴车有百公斤以上的赶车人,策杖而行的白须长者,面对如此新鲜的景观,你还会困顿吗?

九月十六日

到的喀什,大家拟定返程坐飞机。几日朝夕相处的司机,就要返回吐鲁番,大家都感到恋恋不舍,尤其是同室居住多日的薛勇,分别时,二人还亲热地拥抱了一下。薛勇说,这玉素甫晚上冲澡后,浑身一丝不挂、也不盖被子,毛茸茸的,倒头就睡。一觉醒来,已是天亮。难怪每日精力充沛。车开得又稳当,又速疾。这位新交的维族青年,我们是永远不会忘怀的。

玉素甫师傅走了,往城东北十里许的阿帕霍加墓参观,只得打出租车。到达目的地,看到的是一组园林化的极具阿拉伯风格的建筑群。除了高大雄伟的阿帕霍加墓,还有经堂、大礼拜寺、小清真寺建筑,以及一处丛树环绕,绿荫覆盖的碧池。

瞧这伊斯兰教圣裔阿帕霍加墓的建筑,四根高耸的圆柱,夹着墙壁,通体是绿色琉璃砖的贴面,间杂着黄色、蓝色砖的图案,典雅富丽,光彩照人。柱头上建召唤楼、宣礼塔,拥戴着绿色光芒的穹窿顶,在蓝蓝的天幕映衬下,是如此地端庄和健美。步入阔大的墓室,在高高的台基上,排列着数十个大小不等的墓体。我没在意哪一座是阿帕霍加的陵墓,听着导游的讲解,约略知道了他的父亲托钵传教的身世,以及他本人追求世俗权力的行径,并曾一度夺得了叶尔羌王朝的宝位。于此一端,也就难怪这墓地的豪奢了。

这阿帕霍加墓,还有香妃墓的别称,而且后者有压过前者的名声。我对香妃墓,早年就有耳闻,而这阿帕霍加墓的称谓,是到喀什来才知道的。尽管在墓室中有一座"伊帕尔汗"的麻扎,这"伊帕尔汗"与乾隆皇帝有无瓜葛不得而知,然而他确实不是乾隆的容妃。似乎这阿帕霍加墓称香妃墓是不够妥当的,然而我等游人,不是来考古,对其称谓,又管他作甚,传说故事,姑妄听之。

在园林中走走看看,偶然邂逅原平二老乡,乡音浓重,听来亲切,对谈良久,握手而别。日照当空,遂往阿帕霍加家族的果园,小憩葡萄架下,面对小舞台,适有三位维族少女轮番起舞。"弹指、撼头、弄目、跻脚,乍动乍息,或踊或跃。"左旋右旋,风情万种。行脚天山南北,音乐,随处可闻,舞蹈,随处可见,而尤以龟兹、喀什为甚。中午,返喀什城区,顺路预购 19 日返乌鲁木齐,20 日返太原机票。

午餐后,竟睡到下午 5 点。喀什下午 4、5 点的太阳,实在是太热了。6 点,沿着长街的林荫道,漫步到艾提尕尔清真寺。那

125米高的拱门楼,嵌着黄绿色的瓷砖,光洁生辉,召唤楼头,宣礼塔顶,弯月如钩(清真寺建筑之构件),将清真寺装点得风致高标,令人赞叹。拱门前,台阶上,花坛旁,树荫下,坐着一排排衣着整洁的老人,白须飘洒,风度端庄,透出一丝贵族气。有深思者,有交谈者,有观览者,虽各具神采,都安闲自在。有外地如我等旅游者,或拿出相机为之拍照,既不拒绝回避,也不搭理致意。

适逢周五,是穆斯林的"居玛日",约有五六千人前来做礼拜,清一色的男人,人稠而有秩序,交谈而不喧闹,鱼贯而行,步入清真大寺。做礼拜,约莫用去40分钟,其间,游人不得入内。我们只好坐下来等待。礼拜活动结束了,首先是长者拄杖而出,相互扶持,问候祝福,随后,大批不分尊长贵贱的教徒走了出来,拱门楼下,虽人头攒动,却不感喧嚣,颇觉宁静,聚散井然,彬彬有礼,呈现出一派和谐的气氛,也足见其修为和素质的。

8点时分,游人则可入内。偌大的清真寺庭院,绿树成林,浓荫斑剥,尚未结束朝拜的教徒,仍在自己携带的小地毯上,面向麦加方向跪拜,其神情的专注和场面的肃穆,也令我们这些参观者,不敢大声说话,并生发出一缕敬意来。在铺满红色地毯的礼拜长廊上,尚有三五人在祈祷,口中念念有词。只是天色已晚,深广的建筑中,祈祷者的形象,模糊不清。我们脱掉鞋子,轻轻地走过他们身边,惟恐打搅他们那虔诚的心灵。走出艾提尕尔大清真寺,已是晚灯朗照,十分夜色了。

九月十七日

上午,乘车前往大巴扎,来得有点早,尚未开市。便就近往喀什老城区一游。过一小木桥,绕一个土山包,再转个小弯,便是名符其实的老喀什。道路两旁皆土木建筑物,多二层小楼,高低起伏,多显破旧。也有几家,似有经济实力,楼室翻新,引人注目。小围墙内,见阳台幽深,周边饰以木雕栏杆,花边下垂,彩绘鲜亮,且以盆花点缀。粉绿的门窗,时见维族主妇出入,儿童玩耍。虽为翻新的建筑,然风格,一仍其旧,在整体的建筑群中,虽醒目,尚和谐。

复前行,见一烧陶土窑,土灰色的窑体。下边堆放着粗朴而古拙的陶盆、陶罐以及码放比较整齐的陶坯,只是陶片满地,柴灰拥道,本欲探访,却难以下脚。窑后是一所陈旧的老屋,老屋上又迭架着老屋,横竖支撑着不少木棍,看上去,这房屋有些年头了。

从窑前的大路上,拐入一条上坡的小道,路遇一位壮年,叫艾尔肯,维族,40 岁上下,能通汉语,是生意人,曾到过浙江、河南、河北、广东等地做买卖,可谓见多识广,遇我等外地人,甚是热情,遂邀其家作客。其时,一家人正坐在葡萄架下进早餐,是正宗的羊肉手抓饭。大人们见有人来,放下盘碗,打着招呼,而小孩若无其事,用他那五指,随心所欲地把盘中油晶晶的米饭抓起来,自如地送入口中,不撒不漏,似乎比我们汉人用筷子还要爽利和便捷。艾尔肯有 6 个孩子,由壮实的妻子操持着家务,大女儿已然是一个中学生。能说一些带有维语发音特色的普通话,对客人的提问,总是微笑着回答。而不满周岁的小男孩。吃饱了抓饭,便爬在土地上,追赶着小猫。猫爬上葡萄架,孩子又爬向小狗玩起来。艾尔肯姐姐一家和艾尔肯在一起生活,艾尔肯的姐夫,看上去,还是一个小伙子。走向主人的屋子,是一排五间的东房,分里外间,尺许高的大炕上,铺满了大地毯,阳光自墙上洞开的小窗口,射进光束来,照在蓝底红花的石榴图案地毯上,显得格外鲜活和生动。细长小院的西侧,地基稍高,也建有五间房,是主人姐姐的居室吧。小院子打扫得十分干净,台阶上摆着盛开的盆花。这便是我在喀什老街上,走访过的一户人家。

别艾尔肯一家,在去大巴扎的街上,遇一家茶馆,门外有大床一张,上面坐着四位维族老人,吃馕喝茶,谈天说地,闲适自在,羡煞我辈。有意上前叨扰,又觉唐突,便围一张方桌坐了下来,要茶一壶,杯四只,馕少许,边吃边喝,边观察老人们的叙谈。薛勇又打开了相机,记录了这些生动的场面。

离茶座,在街头品尝白杏脯,桑椹干和无花果的滋味;喝一杯新榨的石榴汁,生津提神,够爽的。

来到大巴扎,标称"中西亚国际贸易市场"。巡游其间,有如在乌鲁木齐所逛的大巴扎。铜器、锡器等工艺品,美不胜收;皮帽、花帽、头巾、披肩,花样繁多,乐器、小刀,干果、药材,也让你挑得眼花瞭乱。而行走在巴扎间通道上,那颈缠蟒蛇,或肩扛大蜥蜴的卖药者,你会近而远之,看着它,颇感吓人的。走了大半天,亦仅冰山一角。这大巴扎,拥有5000多个摊位,委实是够大的。不过在这里,远没有在驴车云集,地摊比列的老巴扎中寻觅来得有兴味。那驴车的气息,陶品的质朴,果品的新鲜,烤馕的炽热,加之老人的风趣,孩子的活泼,俊男靓女的风情,以及砍价声声,投手顿足间,无不生姿生彩。游老巴扎,看见的是一幅西域特有的风俗画,而逛中西亚国贸市场,则有点在超市购物的感觉。说心里话,我还是喜欢老巴扎。

下午5点,与郭际先生通电话,以告行踪。郭先生似乎有点嗔怪:"打了几次电话,你的手机总是不开。在库车、喀什都安排有书界朋友来接待,却无法与你联系上。"我只能连连道歉说,主要是怕给朋友们添麻烦;另外,自己的行动也可随意些,并免去许多繁琐的礼节和应酬,岂不是宾主皆宜的快事。

原拟晚上看题为《喀什噶尔》的演出,待到得剧场,节目已经开演半小时,无奈,只好购得明晚戏票,然后往新华书店而来,在长长的书架前,选购自己的读物。

九月十八日

昨日上午,逛东巴扎(中西亚国际贸易市场),意犹未尽,或者说未能感受到喀什传统巴扎的真正情味。故尔早餐后,便漫步到艾提尕尔大清真寺左侧,在一条古老街巷内,看看这里的巴扎是个什么样子。

走进灰色、土色的街巷,沿街是比列的店铺和作坊,有的店铺,兼为作坊。特别是铜匠、铁匠、银匠、锡匠等制作的手工艺品,满满当当地摆放在货架上,光彩夺目,任人把玩,而坐在店铺前的工匠艺人,则专心致志地刻制他那手中的器物,对于游客在他的店铺里活动,他是不管不顾的。器物上没有底稿,他能信手刻錾,在叮咚和瑟瑟声中,有如变魔法似的,在壶、瓶、灯具上,錾出了颇具阿拉伯特色的纹样,一丝不苟,准确无误。一个打制红铜器的青年,看上去,才十三四岁的样子,其技艺的娴熟和精湛,也让我们驻足观摩。拿几块不大的铜片,放在模具上,有节奏地捶打,便成了型,而后经过焊接、镶边、雕花、打磨等诸多程序,一件新的工艺品诞生了。我们问起他的学艺过程,他有些得意,说:"从小看着父亲做,自己也偷偷地模仿着,是损坏了不少的铜皮,换得父亲责骂。手艺么,也不知道是怎么学会的。生意么,不错! "

地毯店铺,亦复可观,小小的店面,堆着、摞着、铺着、挂着、卷着、立着各色的地毯。而以红色为主调,其图案,有和田特色的,巴基斯坦特色的,也有土耳其特色的,总之是各具面目,色彩缤纷。而卖地毯的老人,坐在挂毯前,双目炯炯而有神,长髯雪白而飘洒。这宁静的场面,俨然是一幅绝妙的油画。

如果说地毯店是静止的凝固的,那么乐器店则是活泼的跳动的,吹、拉、弹、击,此起彼伏,苇笛、唢呐、手鼓、热瓦甫、弹布尔以及众多叫不上名目的乐器,让你看得出神。每件乐器,便是一件精美的艺术品,即使你不会弹拨,摆在那里,也够让人开心的。何况这里有不绝的音乐,也会让你闻声起舞。还有英吉沙小刀店,艾德莱斯绸专卖店,都会吸引你进去看看,精巧的工艺,梦幻的色彩,你若不选购一二种,是不会走开的。

而沿街的烤肉者,卖抓饭者,炸油条者,烤馕、烤包子者,更是生意火爆。在这些摊位前,不独有维族、塔吉克族的男女,也有欧美各国的游客,进食者,拍照者,购物者。伴着作坊里的击琢声和乐器店的弹拨声而行进,在灰色、土色古老的深巷里,流动着时代的气息和不尽的人群。

今日值农历中秋节,虽身在异乡为异客,也该是庆祝的。中午,走进巴扎附近一家餐馆,点凉菜几盘,炒菜数种,开一瓶新疆红葡萄酒,购几样喀什月饼,要米饭少许,大家把杯共饮,其乐也融融。正进餐中,手机响起,乃家人电话,遂互致节日的问候和祝福。

下午5点半,到"五一"电影剧场,观看大型民族歌舞《喀什噶尔》(喀什的全称),是由喀什地区歌舞剧团演出的。该团成立于1934年,全团现有150多位演职员,其中一半以上是具有中高级职称的专业队伍,于此,亦可见其剧团实力的雄厚了。剧团不独先后在北京、上海、浙江、山东等地演出。在杭州参加了第七届中国艺术节,并一举荣获多项大奖。也曾赴法国、俄罗斯等西方国家献艺,博得了很高的国际声誉。值此中秋佳节,坐在剧场第一排的正中,近距离地欣赏艺术家们的表演,当是平生之幸事,岂不快哉。

灯光亮起,大幕拉开,天幕上是天山积雪,大漠中涌出一片绿洲,喀什古城顿化在观众眼前,在特有的西域乐曲声中,着各色民族服装的少男少女们,跳着欢快激越的舞蹈。走下舞台,奔向观众,致以问候,致以祝福。在这短暂的"序幕"演出中,剧场内便轰动了,鼓掌声,喝彩声,欢笑声,不绝于耳。坐在我身后的外宾们,也看的目瞪口呆,并不时地按动着相机的快门。

当舞台上出现了"十二木卡姆"的演唱后,剧场内,变得一片宁静,低沉苍凉而有天籁之音的说唱声中,给人演绎出一个古老民族兴衰的故事,令人叹息,让人落泪。转而有各种舞蹈的展现,诸如鹰舞、刀朗舞、水罐舞、面纱舞、萨满舞、摘星舞、顶灯舞、手鼓舞等等,或苍劲勇猛,或妩媚典雅,或风趣幽默,或飘逸潇洒,将对大漠的抒怀、帕米尔的情韵和绿洲的风采,从民间的温馨到宫庭的辉煌,均以淋漓尽致的姿态,展现得优美而深刻,让你目不暇接,心旌摇荡。那"跳身转毂宝带鸣"和"扬眉异目踏花毡"的写照,怕也难尽今天这场面的万一吧。

90分钟的演出,很快结束了。掌声四起,谢幕再三,人们似乎不情愿地步出剧场,而定格在我脑海中的艺术形象,当会永不褪色的。

回到宾馆,收拾行囊,然后搭车到喀什机场,时正9点。在机场进晚餐。原定11点59分起航的飞机,晚点1小时,方得起飞。待飞抵乌鲁木齐机场,值午夜2点半,有于小山、郭际等先生接机。多劳诸位书家,心里甚感不安。回住军交宾馆,已是3点有余了。

九月十九日

上午,郭际先生因参加乌鲁木齐市与郑州市书法联展座谈会,便不能陪我们外出游览。我们坐出租车,浏览乌市市容。新疆将举行维吾尔自治区成立 50 周年庆典活动,节日气氛,随处涌现。至南门,复见一大书店,不曾思量,又步入其中。

南门外,有山西巷,是一条老街。在一张老照片上,曾看到当年的萧条和脏乱;而今,却是一条别具民族特色而繁荣的街道了。

中午时分,辗转走进大巴扎附近的民族大餐馆。深广的大餐厅,食客满座,略无阙处。我们四人,各自觅到一个座位,我要了羊肉面一碗,烤馕少许,薄皮包子二只。只说这薄皮包子,个头大,皮儿薄,半透明,若内地之"稍梅"("烧梅"、"烧麦"),内包不填加蔬菜的纯肉馅,有北京的"狮子头"那么大。吃一口,爽滑鲜美,不待咀嚼,已然下咽。若佐以韭花、香醋,定不减杨凝式《韭花帖》中的珍羞了。

下午三点回宾馆,午休睡足,沏一杯清茶,读几页新书。

九月二十日

上午在宾馆,佐田和我,理纸染翰,作书作画,以此感谢主人的接待盛情。因一时疏忽,此行忘却了携带印章。郭际先生见状,遂即打开手机,约请乌市篆刻家孙朝军,为我治印一方,我自是十分感激,也送孙先生拙字一条,以结书缘吧。

中午 12 点,乌市诸旧雨新交,在"万福湘菜钵子酒楼"为我们饯行。1 点半,往机场,办理登记手续,3 点 15 分握别热情好客的新疆朋友,登上山东航空公司的飞机,告别乌鲁木齐。4 点30 分,从飞机窗口下望,见沙漠无际,云影飘移,色彩变化,景象万千,薛勇频频拍照,想必又会有不少好作品问世,当是不虚此行了。5 点,云团浓重,地面景象不复可见。机舱内,稍感寒意,我向空姐要一块小毛毯加盖身上,闭上眼睛休息。6 点 15 分,飞机平安降落太原机场,适有小雨飘洒,西域带回的燥热,被消解得

时。

　　此后，虽有过几次见面，都是在倥偬仓促之间。2001年夏，又获先生新出版的《隐堂随笔》一卷，所收"隐堂花事"，与前一本散文集虽是同题，却为续记。文中详记当年兰事，尤对受兰、护兰、赏兰、咏兰的情形不惜工笔白描。其中不乏传神之笔："数十条长叶，或'交凤眼'，或'破凤眼'，晶莹亮丽，翩然多姿，高雅得很。墨兰已拔薹出箭，一尺多高的箭头上，努出了三四个小苞儿，泛着浓紫，可望在年夕中绽放，那幽香将盈溢我的书斋。"如此咏叹流连，爱兰之情溢于笔端，足见先生已将兰花引为花草中的知己。受其感染，我对兰花也发生了浓厚兴趣，遂尝试艺兰。

　　养兰三年，甚不得法。所莳兰草十数盆中，多数芳容憔悴，惟有一株墨兰出类拔萃。兰生于南国空谷，伴石泉云雾而长，因绽放于岁夕，又称报岁兰。其叶，遒劲绰约，如隐士高人之风骨；其花，色如赭墨，形若鸿爪雪痕；其香幽雅淡远，世人多谓香之"王者"，我却以为"隐者之香"。这株墨兰，初时蛮腰楚楚，渐至芽出小笋，继而清姿翩然、全株葳蕤，堪可养眼入画。花莛也逐年递增，当年出箭三枝，枝枝健碧，可望如期含墨吐香。与沛田兄商议，再将这盆善解人意之兰移奉先生，皈依隐堂，"非报也，永以为好也"。此兰陈放于隐堂书案，日侍先生左右，更兼浸润翰墨灵气，较前更为清逸。岁暮又如期拔箭四枝，壮硕亭亭。雪晴时，花开日，香气隐若、蜜露垂珠，姿韵更为可人。

　　在我的书柜上，易于抽阅的架层里排列着陈寅恪、季羡林、孙犁、汪曾祺、林非等人的单行本。这些书虽然装帧素雅、体量菲薄，里边的墨香纸韵，却是淡远悠长。其文字没有时下流行的新潮，却有一种永久的魅力。在这些"小书"边上，还有陈巨锁先生的《隐堂散文集》和《隐堂随笔》。近年来，我的藏书虽有增添，但随手翻阅、经常揣摩的,仍是这十几册"小书"。读过这些书的人不少,自然是见仁见智、各得其所。书中的文章,虽用笔竭尽简省,却在平淡中凸显奇崛,由素朴中直抒性灵。有如齐白石之写意蔬果,以恬淡闲适的寥寥数笔,就让人联想到无限深远的意境。

陈先生大学五年,专修国画,兼及书法。毕业分配不到一年,"文化大革命"开始,即离开机关住进文庙。十余年中沉浸于法书名帖,不闻武斗枪声,不觉寒来暑往,看似萧然物外,实为淬锋敛锷。当风雨过后落英满地时,先生却以戛然独造的书法艺术壁立于人前。闲暇为文,按本人的说法为"偶然弄笔,自属客串"。这两本文集,概有纪游47篇,怀人谈艺37篇、怀旧记事16篇,将近40万字,出版时间分别为1995年和2001年。

陈先生身为专业书画家,更兼国学根柢深厚,心里清洁,做文章虽自视为玩票,却钻得深,拓得宽,放得开,收得住。纯粹文章,一以贯之,不显仄狭,文品自高。况先生游历甚广,博学强记,烟火气自然散尽,行文无须血脉贲张。仅操以真切之笔,或娓娓道来,或侃侃而谈,反倒淡中出鲜,韵味悠长。著名散文家林非先生提倡"理想的散文"有四个特征:一是最能够触发读者久久地感动的;二是最能够唤醒读者回忆起种种人生境遇和自然风光的;三是最能够引起读者深深思索的;四是最能够在语言的文采和艺术技巧方面满足读者审美需求的。以上特征,在陈文中多有体现。走进陈先生的文章,由读故事到体味感情,继而进入其思想堂奥。若假以习字临帖的方法,弄清每一篇文章的词句间架、文气开合、节点转承、飞白余韵等要素,揣度书画的飞动与诗文的凝练,感受视觉艺术与语言艺术的默契相通,并用智性与诗性将其略作梳理,便可以掂量出文中的思想含量和精神厚度,循溯到雅致文本的幽深源头,观测到"诗与思"的冰山一角。

诗文讲究风格。试窥陈先生的文风，不是洞箫吹来的"春江花月夜"，不是琵琶弹出的"十面埋伏"，也不是书卷气十足的迂阔之作，而是"出新意于法度之中，寄妙理于豪放之外"，没有玄奥的言词，也没有空洞的说教，只以亲历者的身份讲述一个个情味绵长的故事。不恃才傲物，不炫耀张扬，从容不迫，如春雨无声润物。他的艺术感觉细致灵敏，常用轻淡的笔墨，揭示出现实生活中并不轻松的人生要义。陈先生的两本集子问世有年，非但没有化作纸浆，反倒成了许多人手边案头的常读之书，随着时间的推移散发出陈酒般的醇香，受到各界读者的广泛称道。

传统中国散文追求冲淡中和，近代欧美随笔推崇睿智幽默。在陈文中，不乏精工细琢的华采辞章，更多的是无意为文的率性之篇。文中所记，既有文艺界的大家风范，又有寻常生活中的凡人小事；笔下山水，有天地造化那种雄浑苍劲，也有梦里家山的关情草木。他没有过多地揭示尘世中的"一地鸡毛"，更注重将富含文质品味的、高密度的审美元素绘以读者，唤起了人性中尚未泯灭的那点良知。他在有意无意处，漫步于哲思海岸踏沙拾贝；由空灵平实间，自在洒脱地抒发情感。他首先感动自我，同时也拨响受众的心弦，引起广泛共鸣。

在这里谈论陈巨锁先生的文章，并非将他与前面提到的文坛泰斗并论，只欲借先生之玉，攻我辈之顽石。确立为文做人的定位，追求真切自然的写作状态。可以想见，在质朴崇高的语境中，这类雅洁隽永的文章，必将存在于当下和将来。而无须形诸文字的，则是先生的为人：他在冲淡平和里峰峦显现，于圆融通达中性情依然；他以"失意泰然，得意淡然"的心态励己，又以自身的行为无言地度人。

　　近日,陈巨锁先生的第三本文集《隐堂琐记》已成,计有怀人、谈艺、序跋、游记等五十余篇,即将由三晋出版社出版。社长兼总编的张继红先生亲任责编,蓝马设计封面装帧。此次偕聂沛田、张六金、艾明、焦如意等文友同仁共襄此事,深感幸慰。日前,先生嘱我代撰本书后记,并向以上诸位敬致谢忱。然一时手涩,难成新构,只得将发表过的两篇有关先生的旧文加以整合,勉为复命。续貂之作,不知能否得到陈先生和周围文友的首肯。

　　　　　　　　　　　　2008年6月于方壶斋

图书在版编目(CIP)数据

隐堂琐记/陈巨锁 著.—太原:三晋出版社,2008.10
ISBN 978-7-80598-904-4

Ⅰ.隐… Ⅱ.陈… Ⅲ.随笔 – 作品集 – 中国 – 当代
Ⅳ.I267.1

中国版本图书馆 CIP 数据核字(2008)第 149809 号

隐堂琐记

著　　者:陈巨锁
责任编辑:张继红

出 版 者:山西出版集团·三晋出版社
地　　址:太原市建设南路 21 号
邮　　编:030012
电　　话:0351-4922268(发行中行)
　　　　　0351-4956036(综合办)
E-mail:　Fxzx@sxskcb.com
　　　　　Web@sxskcb.com
　　　　　gujshb@sxskcb.com
网　　址:www.sxskcb.com

经 销 者:新华书店
承 印 者:太原市方正印刷有限公司
开　　本:787mm×960mm　1/16
印　　张:14.5
字　　数:140 千字
印　　数:1-1500 册
版　　次:2008 年 10 月　第 1 版
印　　次:2008 年 10 月　第 1 次印刷
书　　号:ISBN 978-7-80598-904-4
定　　价:20.00 元